中国散文 60 强

山高流水长

蒋子龙 / 著

U0782646

北京联合出版公司
Beijing United Publishing Co.,Ltd.

图书在版编目（CIP）数据

山高流水长 / 蒋子龙著. -- 北京 ： 北京联合出版
公司，2024. 8. --（中国散文60强）. -- ISBN 978-7
-5596-7826-3

Ⅰ. I267

中国国家版本馆CIP数据核字第20246D27B3号

山高流水长

作　　者：蒋子龙
出 品 人：赵红仕
出版监制：张晓冬
责任编辑：高霁月
特约编辑：和庚方　张　颖
封面设计：立丰天

北京联合出版公司出版
（北京市西城区德外大街83号楼9层　100088）
三河市同力彩印有限公司印刷　新华书店经销
字数150千字　650毫米×920毫米　1/16　14印张
2024年8月第1版　2024年8月第1次印刷
ISBN 978-7-5596-7826-3
定价：65.00元

"中国散文 60 强"丛书

编委会

中华散文的文脉与发展

——"中国散文 60 强"总序

邱华栋

中国是诗的国度，亦是散文的国度。

穿越千年时空，从明清至唐宋，再由魏晋南北朝至两汉先秦一路回溯，汉语言文学中的散文实乃根深叶茂，硕果累累。无论是"唐宋八大家"之雄文美文，还是骈俪多姿的辞赋，以及名垂史册的《史记》《左传》，均为中国文学史上的璀璨明珠。"散文"与"诗"一道，成为中国文学的"嫡系"。尽管，后来从西方引进嫁接技术所催生的"小说"，大有"喧宾夺主"之势，终究还得"认祖归宗"，血脉和基因是无法改变的。

在中国散文流变历程中，曾出现过两次鼎盛期。一次是被文学史家所公认的"先秦散文"时期。其时，伴随着春秋时期的思想解放，诸子蜂起，百家争鸣，一大批散文家以饱满的气血、驳杂的学识和破茧的精神，创造出了散文的繁荣和辉煌局面，对后世产生了极大的影响。

到了"五四"时期，中国散文迎来了第二次鼎盛期。白话文如劲风激浪，吹刮和涤荡着神州大地。沉睡的雄狮醒来了，偃卧的小草开始歌唱。许多学贯中西的进步文人，肩扛文化变革的大纛，冲锋陷阵，掀起了一波又一波的新文学浪潮。《新青年》上刊载的散文，犹如一束束亮光，不但给人以希望，还给人以力量。"五四"以来的散文作品，无论是观念和主题，还是形式和风格，都跟以往的散文迥然不同。最具代表性的，当属鲁迅先生的散文（包括杂文），其刚健、凌厉的文质，疗救了中国散文长久以来颓靡不振、钙质疏流的顽疾。此外，周作人、郁达夫、朱自清、萧红、沈从文等一大批作家的散文创作亦各具特色，呈一时之盛，影响深远。

时代的前行催生了文学的发展，然而文学与时代有时并不同步甚至充满了"张力场"。"五四"的个性解放虽然催生了一批个性鲜明的散文精品，但这样的生态并未持续多久，中国散文的波峰出现了向低谷滑行的趋势。有论者指出，"散文在 50 年代既是对解放区散文文体意识的放大，又是对五四散文文体精神的进一步偏离。这种放大和偏离表现在个体性情的抒发让位于时代共性或者时代精神的谱写，政治标准优先于艺术标准，批判性为歌颂性所取代等诸方面。"（董健、丁帆、王彬彬《中国当代文学史新稿》）1960 年代初，散文创作一度出现了活跃，"专业"从事散文创作的作家群凸显出来，刘白羽、杨朔、秦牧相继登场，迅速成为散文界的三位名家。但他们的作品后人评价褒贬不一，认为其中颂歌式的写法较为单向，这种模式化的写作，不但对散文的建设毫无益处，反而扼杀了散文的个性和神采。

"文革"十年，中国散文更是一片凋零和荒芜，乏善可陈。1970 年代末，一些历经浩劫的作家开始复血，解除思想枷锁，重新拿起笔来写作，中国散文才又凤凰涅槃，焕发生机。加之各种文学刊物纷纷复刊和创刊，以及大量西方文化读物的译介出版，更为这些饥渴、桎梏太久的散文作者提供了登台亮相的舞台和瞭望世界的窗口。

1980 年代初期，伴随改革开放的热潮，思想解放大旗招展，文化随之繁荣，诸多承续"五四"精神的作家以笔为旗，抒发胸中压抑既久之块垒，出现了一批抒情性质浓郁的散文，使得现代散文这块"百花园"芳菲争艳，蔚为大观。特别是 1980 年代中期，随着作家主体意识的不断强化，中国文学开始呈现出一个崭新局面，作家从"集体意识"中抽身而出，重新返回"个体"，注重对生活的体察和内在情感的表达。这一时期，散文的艺术性得以强化，文本的精神内涵和表现空间得以拓展。

进入 1990 年代，社会发展日新月异，城镇化进程锐不可当，文化领域亦呈多元格局。各种文学思潮相互碰撞，人文精神的讨论更是打开了作家们的创作思路。"大散文"概念的提出，引发了散文界对散文的内涵和外延的重新讨论和界定。风靡一时的"文化散文"热，成为文坛上一道靓丽的风景。"新散文""原散文""后散文""在场散文"等散文流派"你方唱罢我登场"，争奇斗艳，各领风骚。

及至二十世纪末，一批深具先锋意识和文体自觉的新锐作家，像一头公牛闯入瓷器店，使散文天地发生了激烈的碰撞和变化，形成一股新的散文潮流，提升了散文的审美品质和精神向度。

纵观 1978 年至 2023 年四十多年来，中华大地在"改开"的黄金时代中，社会生活奔涌激荡，各种思潮风起云涌，散文创作更是云蒸霞蔚、气象万千，涌现了众多成就斐然、风格各异的散文作家和具有思想深度、艺术上乘的散文作品。岁月的流水冲走了枯枝败叶和闲花野草，中流砥柱却巍然屹立。时间留住了新时代的散文经典，经典在时间的长河中绽放光芒。以沙里淘金的经典散文向"改开"的时代致敬，是我们不可推卸的责任和义务。

别看散文的门槛貌似很低，要真正写好，却实属不易。优质散文是有难度的写作，它不但需要作者的智识、胸襟、眼界、修养和气度格局；更需要写作者的态度、立场、慈悲、良知和批判勇气。遗憾的是，散文创作繁荣和光鲜的另一面，却是大量平庸甚至低劣之作的泛滥，不但败坏了读者的胃口，而且造成了物质和精神的极大浪费。散文作家层出不穷，散文作品汗牛充栋，可真正能让人记住的散文佳构却凤毛麟角。

散文要发展，文学要前行。发展和前行就要从平庸的樊篱中突围。在突围的过程中，散文作家不可太"聪明"，不可太世故，要永存对文学的敬畏之心。一言以蔽之，散文的尊严来自散文作家的尊严。也可以说，要想散文繁荣，首先需要有一批人格健全，品德高尚，铁肩担道义的散文作家。什么样的人写什么样的文章。特别是写散文，最容易看出一个作家的内在品质和境界涵养。一个人格不健全的人，哪怕他作文的技法再高妙，也很难写出撼人心魄、抚慰灵魂的散文来。作家精神品质的高低，直接决定其作品的精神向度。

为了散文写作的突围和发展，为了建设独具特质的当代散文，也是为了更好地从经典散文中汲取营养，我认为有必要正视和重申一些常识性的思考。高头讲章的理论是灰色的，常识之树却蓊葳常青。

一、作家的个体精神决定散文的优劣。常言道，散文易学而难攻。难在什么地方，不是难在技巧，而是难在作家个体精神的淬炼上。倘若作家的个体精神不够丰富，不够深刻，不够清澈，纵使他手里握着一支生花妙笔，也写不出令人称赞的散文。那么，如何才能做到个体精神的丰富性呢，这就要求作家时时刻刻不背离生活，要知人情冷暖，体察人间百态，关心民瘼，有忧患意识，不要做生存的旁观者。一个冷漠甚至冷酷的人，是不适合从事散文创作的。

二、真诚是确保散文品质的基石。散文创作跟作家的生存经验息息相关，可以说，真正优质的散文，无不牵连着作家的血肉和心性。作家的喜怒哀乐，悲欢离合，都或隐或显地暗含在他的作品中。假如在一篇散文作品中，读者既看不到作者的体温，又看不到作者的态度，那这篇作品或许就是失败的。说明这个作者在他的作品中"说谎"或"造假"，缺乏真诚之心。作家一旦失去真诚，为文必定矫揉造作，作品也必定会失去生命力。因此，真诚是散文的"生命线"，也是"底线"。

三、个性是促进散文生长的养料。人无个性便无趣，文无个性便平质。当下，每年都会诞生数以万计的散文篇章，但能够让人记住，且读后还想读的作品并不多，何故？概在于这些数量庞大的散文，无论题材，还是语感都千篇一律，像是从"模具"中生产出来的，缺乏辨识度。散文要发展，必须要求作家具有"个性意识"。"个性意识"不是标新立异，更不是哗众取宠，而是一种"创新意识"和"审美意识"。但凡在散文创作方面被公认的那些大家，都是"文体家"，他们以自觉的写作实践，开创了散文写作的新路径。不合流俗方能独步致远，推动散文的建设和繁荣。

当然，以上几点并非创作散文的圭臬，谁也没有资格去为散文"立法"。

散文是自由的创造，散文精神即自由精神。我之所以提出来，仅仅是希望引起散文同行们的重视和参考，共同为中国当代散文的发展尽力增光。

我们策划、编选"中国散文 60 强"（1978—2023）的初衷，旨在对新时期以来的中国散文创作作出梳理、评价和选择，试图精选出风格各异的代表性散文作家，以每位一部单行本的形式，呈现出中国新时期优质散文的大体样貌。此项目的发起人为资深出版人张明先生。多年来，他一直追求做高品位的纯文学书籍，也曾连续多年与中国散文学会、中国小说学会合作，出版年度《中国散文排行榜》和年度《中国小说排行榜》。2023 年他策划出版了《中国小说100 强》，反响不俗。身处喧嚣、纷杂的环境，能以如此情怀和心力来为文学做如此浩大的工程，不能不令人钦佩！

感谢张明先生邀请我和叶梅、冯秋子、陆春祥、吴佳骏、张英、文欢组成编委会，共同遴选出 60 位作家。我们在召开筹备会的时候，即将作品的思想性、艺术性、代表性以及影响力作为编选的基本原则。在确定入选作家名单时，我们认真商讨，反复研究，生怕因为各自的眼力、审美和趣味之别，造成遗珠之憾。好在我们的工作得到了作家们的积极回应和鼎力支持，惠风和畅，大地丰饶。

60 位入选的作家，既有令人尊敬的文学大家，如孙犁、张中行、汪曾祺、史铁生、邵燕祥、流沙河、刘烨园、宗璞、贾平凹、韩少功、张炜、梁晓声、阿来、冯骥才等。这批散文大家的作品，文风质朴、清朗、刚健，充满了"智性"和"诗性"。无论他们是写怀人之作，还是针砭时弊，歌咏风物，都有着鲜明的文化立场和审美取向。他们或出入历史，借古观今；或提炼人生，洞明世事，输送给读者的都是难能可贵的"精神营养"。

也有被散文界公认的名家，如李敬泽、王充闾、马丽华、周涛、冯秋子、叶梅、筱敏、张锐锋、周晓枫、于坚、鲍尔吉·原野等。这些作家的散文作品，特色鲜明，风格独特，诚挚内敛，从内容到形式，都作出了各自的探索和尝试，为当代散文注入了活力。从他们的作品中，我们不但能够领略汉语之美，更可以借此反观生活与存在，寻找人之为人的价值和尊严。

还有散文界的中坚力量和青年才俊，如彭程、谢宗玉、江子、雷平阳、任林举、塞壬、沈念、傅菲、吴佳骏、周华诚等。从他们的作品中，我们见到的，不只是中国散文的文脉传承，更是自由精神的张扬。他们文心雅正，笔力锋锐，不跟风，不盲从，始终保持着独立的思索和判断，在各自所开辟的散文园地中精耕细作，以崭新的姿态参与和推动当代散文的变革。

其实，细心的读者不难发现，入选本丛书的老、中、青三代作家都有个共性，即他们均在以自己的作品审视心灵，心系苍生，弘扬真善美，鞭挞假恶丑，充满了正义感和人道主义精神。这自然与时下众多书写风花雪月，一己悲欢，充塞小情趣、小可爱的散文区别开来。正是因为有他们的存在，中国当代散文才呈现出一幅绚丽多姿的长卷。

需要说明的是，有些重要的散文家，如张承志、余秋雨、王小波、苇岸、刘亮程、李娟等人，由于版权或其他不可抗原因，未能将他们的作品收录进来，我们深以为憾。

我们还要感谢北京立丰天文化传播有限公司的资金支持，感谢北京联合出版公司的精心编校，他们慷慨和无私的义举，对于繁荣中国当代散文创作、对于赓续中华优秀散文文脉、对于中国新时期的文化积累，均具重大价值和意义，可谓善莫大焉。这套丛书的出版意义将同《中国小说100强》一样，旨在给读者以经典的指引，这既是一项重要的原创文学工程，同时也是助力推动全民阅读和研究传播文化的公益工程。

郁郁乎文哉，中国散文有幸！

是为序。

2024 年 5 月 12 日星期日

（作者为全国政协常委，中国作协副主席、书记处书记）

上卷　风物

中卷 人文

下卷　事理

上卷　风物

江山多胜游

  "城在山中,山在城中"的宜春,之所以被誉为中国的"月亮之都",得益于其境内的明月山。此山方圆 62 平方公里,由 12 座海拔千米左右的山峰组成,山势迥合委蛇,层峦叠嶂。茂林深丛,怪石嶙峋,千态万状别有奥趣,风骨魁奇而韫异气。主峰高达 1700 多米,整体山势呈半圆形,恰似半圆之月。因此得名。

  不仅山形似月,且山石明亮,夜晚闪烁如月之光华。明吴云《古月山考》载:"武功之东有明月山,西有古月山,皆有石能为月之光。"明月山坐落于武功和九岭两大南北走向的山脉之间。有石夜里发光如月,若月落山中,满山皆明。奇峰出光华,月移山影动,山月相融,自是一奇。

  自古来,真正的旅行家都愿夜游明月山。有唐代齐己的诗为证:"山称明月好,月照遍山明。欲上诸峰去,无妨夜半行。"

  在主峰一侧的绝崖上,有巨石凌空,传说为嫦娥奔月之地。嫦娥升仙实是会选地方,没有比在明月山上奔月更好的地方了。于是,明月山上的几多妙处，都被人以月命名：星月洞、抱月亭、浸月潭、追月亭、晃月桥、月亮湖……

处处有月，确是不负"月亮之都"的称号。

南宋理学家朱熹有言："我行宜春野，四顾多奇山。"其实，山如明月只是明月山的一奇。还有一奇是明月山的树，翠峰汹涌，若怒涛拍空，赖此宜春才被称为长江中游城市群的"绿心"。山上山下林木森森，植被极其丰富，或枝叶茂密，浓荫匝地；或高出众木，肃爽凌霄……南国之山森林繁盛原不足奇，奇的是明月山有相对齐整的万顷竹海，站在高处望去，碧涛汹涌，密密匝匝，仿佛有巨石滚落也会被浓绿托住。

在明月山绝奇的大峡谷内外及千峰万壑的险峻处，生长着稀有的珍奇古木。如野生红豆杉，世界上公认濒临灭绝的珍稀植物，在地球上已有250万年的历史，是经过了第四纪冰川遗留下来的古老子遗树种。在宜春所辖的铜鼓天柱峰，竟有100万株野生红豆杉林。还有古樟树、金丝楠木、黄檀、乌桕、落叶木莲、南方铁杉……

一般游客在一些山村也能看到这些在北方平原上难得一见的珍稀老树。我是在有"野猪林"的沧州农村长大，对树，特别是老树，有一种特殊的感情，看见古木比看见任何景观都兴奋，在洑溪村就搂抱了需三个人才能抱过来的1100岁的罗汉松。此村建于宋太宗雍熙二年（985年），今有千余人。村北是耶溪河，为防洪固土，涵养田园，建有一条石砌的古堤，高一丈，宽一丈，原长近二里，现存一里，状若飞龙，护卫着村庄。大堤两侧长有千年古樟树，以及闽楠、栎树、糙叶树、长叶冻绿、桃叶石楠、黄丹木姜子……

只这一个古堤上，就有近百棵古树，800年以上的13株。风霜雪雨千年，受尽日月精华，嶙峋苍劲，顶天立地。每棵老树都有自己的气象："连理樟"同根并立、相依相偎，共插云天；乌桕老干如铁，枝叶扶疏；南岭黄檀拂云百丈，独立无双；国槐则老根裸露，若盘龙卧虎……

我深感惊奇，这里没有一丝"大跃进"和"文革"的痕迹，便询问身边年轻的镇长杨琦：你们这里没有经历过砍树炼钢的运动吗？他说当然经历过，只是村民认为古树是全村好风水的标志，全村护树，无人敢偷伐。"文革"也一样，村里的祠堂和诸多明清建筑都保留下来了，红卫兵都是村民的儿子，村民抱成团护村，红卫兵就不敢乱来。我不免在心中感叹，真是千里不同风，百里不同俗，民俗、民风竟然强大到能抵消一些公认的政治运动的破坏力。

山里还有一个叫水口的小村子，一农户家就有雌雄两株红豆杉，一株树龄250岁，一株已逾千年，还有两棵百年的樟树。上海一严姓游客，知道红豆杉养人，向主人借了一个竹椅，半躺半坐地竟舒舒服服一觉睡了两个多小时，醒来便决定要来水口村建民宿。他投资4000万元，围绕着四棵古树，错落有致地建起漂亮而舒适的新农舍。在青山的怀抱，村子前面是一条清澈的溪流，真是神仙住所。难怪临近的农民曾流传着这样的歌谣："红薯饭，木炭火，除去神仙就是我。"可见当地人的安逸和快乐。

其实他在树下的竹椅上比在城里的床上睡得沉实，是因为明月山的空气好。国家规定空气良好的标准是每立方厘米含负氧离子5000个，明月山的是70000个，称其为大氧吧不算过分。所以山里的这个村子，自人类知道有癌症以来，无人得此病。当然，还有其他因素，特别是水土。

接下来就该说明月山的第三奇——水。

水是压倒一切的资源，"宜川三月水东流，秀出江南二十州"。而水源于山，奇山蓄奇水。刘密的《水农颂》载：远古时代，明月山这片起伏逶迤的黛绿色山峦，还是汪洋大海，"无数海洋生物遨游其中，亿万年过去，沧海桑田。但苍茫的群山峻岭之上，依旧翻腾着汪洋般的云海，蓄含着巨大的水量，经常与不期而至的太平洋季风相遇，倾泻下丰沛的雨量"。于是，明月山"溪水万千，跳跃婉转，养育了犹如乳汁般滋润宜春大地的袁河、锦河和潦河水系"。

明月山在成为宜春境内河流的源头之前，先是形成了大大小小众多的瀑布群，其中有落差119米的"江南第一瀑"云谷飞瀑，也有落差只有几米的浩大水帘……触目即嵯峨，举步见流碧。瀑布多不算稀奇，稀奇的是这些水有冷热两种，均富含硒元素。

为什么明月山的溪泉都是富硒水？这要感谢大自然的造化所赐，成为"全国三大富硒地之一"，且无丝毫污染。经过山上的奇石和珍木庞大根系的过滤，特别是流经万顷竹海的"竹根水"，其质量自然非一般的山水所能比。那么，硒又有何珍奇处？现代科学已经证明，并经过无数养生专家的广为宣讲，尽人皆知硒有五大功效：增强免疫力，改善糖尿病，预防心脑血管疾病，增强生育能力，有了以上四个功能，自然就抗癌。

这还得了，无比注重养生的现代人，便一窝蜂地奔硒而去。因此，明月山成为国内名牌矿泉水厂家争抢的水源。

这一切仍不足奇，最为神奇的是明月山的热泉。泉水发烫，通称"温泉"。《太平寰宇记》称："县侧有暖泉，从地涌出。夏冷冬暖，清澄若镜，莹媚如春，饮之宜人，故名宜春县。"宜春建县于汉高祖六年（前201年），距今已2000多年，自有记载的800年来，明月山的温泉每日出水量10000吨，水温常年保持68℃~72℃，不受季节及气候变化的影响，也与每年的雨量大小无关。你道神也不神！

温泉蕴藏于400多米深的熔岩裂隙之中，而山体内的裂隙相通，温泉的储量就极丰富，可谓流之不尽。但，"泉以硒为尊"，明月山温泉富含多种对人体有益的微量元素，饮可防病，浴可健身，被奉为"华夏第一富硒温泉"。国际上有个"世界温泉及气候联合会"，考查了全球无以计数的温泉后，评选出三个"世界顶级多用途优质温泉"，明月山温泉赫然在列。另外两个在日本和意大利。

明月山下温汤镇（没有考证是否因温泉得名）建有两侧带板凳的长廊，每到傍晚，就陆陆续续有人提着各式各样的桶，打了温泉水坐在长廊下泡脚，人多时长廊里坐不下就自带板凳。一边泡脚一边聊天，一派其乐融融的祥和景象。

此处还有上万户从上海、北京、内蒙古等地迁来的移民，图的就是明月山的空气和水。俗云"富在深山有远亲"，现代人虽不能像嫦娥那般来明月山羽化成仙，却也是哪儿好就往哪儿奔。七百多年前，曾在宜春（古称袁州）做过九个月太守的韩愈就已经断言："莫以宜春远，江山多胜游。"

辉煌的"一现"

愁容惨淡的月亮嵌入乌云，令人戚然。

我疲惫不堪，肝火郁结，心冷似月。由于心绪恶劣，看什么都觉得不顺气。这也要归罪于本是明月夜的漆黑，影响了我，是它那死亡的气息侵扰了我，我还能像吉星高照似的快乐吗？

心不在焉地摸出钥匙，稀里糊涂地打开房门，仿佛整个宇宙的黑暗都塞进了我的房间。我在门边稍微停顿一会儿，让自己的眼睛适应这黑暗，然后再进屋。进了屋门总要抬头，赫然吓了一跳，借着窗外黑乎乎的微光，看见屋子中央站着一个人，轮廓一团乌黑。

"谁？"我问了一声，却没有得到回答。

打开屋顶的大灯，哈，是我那盆昙花！

知道它今天夜里要开花，早晨我给它喷了水，洗净叶片上的尘土，就如同给即将出嫁的姑娘梳洗打扮一样。因它太高大了，最高的几片叶子高过了我的头顶一截，其枝叶繁茂，头重腰细，像舞台上穿扮好了的美女，款摆腰肢，颤颤巍巍。我一靠近它，它就搔首弄姿，半迎半就，姿态迷人。

早晨我从阳台上往屋里搬的时候，抱不动整个花盆，只能半抬半拉，小心翼翼地一点一点地挪进我书房的中央，像侍候一台坐着新娘的轿子。

昙花开放是它自己的大事，也是我生活中的妙事，每年到这一夜我都像守岁一样看昙花从开到落的全过程。刚才竟把这样一个重要的节日忘到九霄云外去了。

从早晨离家到晚上回来，十几个小时在外面奔波，先是座谈，然后下厂，无非是向人提问和回答别人的提问。细想还是问别人的时候多，被人问的时候少。人面逐高低，行情不断变，只是冷落了昙花。罪过，罪过！

花为人开，花蕾吸收了人的精气才开得水灵，人宠花，花宠人。每年到这个时辰，花蕾的笑口已经大开，临近子夜才能火爆爆地怒放，昙花的生命达到巅峰状态。

今晚由于我的粗心，它可能以为自己被遗弃了，十三个半尺多长的花蕾，如同十三只白天鹅，怒冲冲弯脖子拧头，尖嘴紧闭。

我又打开写字台上灯和书柜前贼亮的可以移动的聚光灯，把灯口都转向昙花，让屋内一片通明，准备迎接昙花辉煌的"一现"。随后我搬着凳子坐到它跟前，眼对眼，嘴对嘴，真诚地表示自己的歉意。从现在起寸步不离地守护它，赞美它，崇拜它。

昙花激动起来，花蕾微微战栗，如天鹅抖动颈上的羽毛。包在外面的根根红针，像伞骨一样挺直、撑开……好大的排场，若红日未出，先见光芒。

光芒既现，轰轰烈烈的日出就在眼前。绿的像窗外的夜色，厚重、坚实；白的尖锐、轻巧，一心要突破绿的笼罩。弯弯噘起的尖嘴眼瞅着就龇开了，一股噎人的香气喷射出来！

我把脸贴上去，猛吸几口。一团浓香，一股清凉，从喉头直坠肺腑，熏得我一阵晕眩。立刻觉得五脏六腑清洁透亮，如醉如仙。刹那间忘记了尘世间的一切荣辱喜忧，身内身外一片圣洁宁馨。

花瓣颤动，千娇百媚，愈张愈大，愈大愈白，奇迹般地有节律地伸展开来。昙花简直是在讨好我，显灵般现出自己活泼泼的生命，眼对眼地让我目不暇接地开放了。中间露出一个锥形的深洞，洁白娇嫩的花蕊颤颤地挺了出来，花蕊的根部是一团绒毛般的白线，簇拥着它，突出着它，白得高贵，白得纯净。

如刀如剑的绿叶上竖起十三朵巨大的白花，它们是按照一个口令，踏着同一个节拍开的。满屋弥漫着醉人的香气，我胃里发出一阵贪婪的鸣叫，真恨不得立刻就把所有花蕊及蕊上的白粉吃掉。

昙花那楚楚动人的神态又让我下不去嘴，我为自己的粗鄙感到无地自容。它是专为我开的，躲开所有的人，躲开君临万物的太阳，不凑热闹，不争喝彩，藏进黑夜，躲在刀丛剑树的叶片之下，自甘寂寞，只为悦己者"容"。

它又是多么傲慢，多么自得。

这是好兆头，今年昙花开得最多，也开得最为壮观，今年的运气或许不错。疫情该结束了，可以自由出行，不必三天两头做核酸了。

"昙花一现"——从来都是贬义。是文人们编排出来的。一般人喜欢好吃多给，喜欢坚固耐用，喜欢"死不了"。

或不死不活，甚至是"好死不如赖活着"……他们轻易看不见昙花开放，便嘲笑它的"一现"。

正因为它"一现"即逝，才更说明它清逸，珍贵，不同凡俗。人活一世能像昙花这样轰轰烈烈地"一现"，足矣！

天下英雄多是"一现"，瞬间永恒。世上还有多少终身未能开花的人生？谈何"一现"？

昙花香气刺激了我的感觉，心里涌动着一种奇妙的兴奋和欲望，世界上的各色人等，该如何让自己的生命开花呢？

世间万事万物都有自己的规律，心念的律动合乎外部客观规律，生命不愁不开花。譬如：昙花子夜盛开，夜来香傍晚吐蕊飘香，蛇麻花在寅时才露笑脸，牵牛花在清晨打开喇叭，冬梅、秋菊、夏荷、春牡丹……还有动物，蝙蝠只在天黑时才飞出来捉虫，公鸡每叫三遍后天就放亮，鸭子繁殖有周期，鹿角的生长和脱换也有规律……

至于人嘛——体内更存在着有规则的生理节奏：体温、血糖的含量、基础代谢率、激素的分泌等等都随着昼夜的交替而变化。肺结核、风湿热病人往往在下午出现低烧，气喘病多在夜间发作或加重，血吸虫病的病原虫只在夜间才能从病人的血液中找得到。

人体在不同时间对药物的敏感性也不同：心脏病人在凌晨四时服洋地黄，其敏感度大于平时四十倍，糖尿病人在此时对胰岛素也最敏感。在这个时辰出生和去世的人也最多，凡是生命就具备进化的适应性，自有其特定的活动变化规律。

如此看来，人又何尝不像昙花？

与天地相参，与日月相应，由于地球自转，太阳光对地球的照射强度在一昼夜内呈周期性变化，人体内营、卫、气、血的运行也随之改变，以相适应。从子时到午时，从午时到子时，五脏、六腑、四肢、百骸、五官、皮毛、筋肉、血脉等等六十六个穴位，如六十六朵花，呈现出一种周期性的盛衰开合的规律。悖逆了天地间的大规律，怎么会没有灾殃？

昙花摇曳，花影婆娑，花蕊弹拨出一种乐声，意境悠远。我被震撼，生出一种莫名的虚幻的激动，和着昙花生命的韵律，仿佛能进入一片祥和的精神高地……

感受光明

在深圳光明区下饭馆，点饮品或甜品，竟然可以尝到"牛初乳"。有这么多"牛初乳"供应市场，得有多少第一次下奶以及尚未成年和早已成年的奶牛啊？这里可是中国一线的繁华大都市深圳呀！

放眼四周，高楼林立，聚集了诸多科学研究机构和高新技术产业，建起世界一流的科学城——"国家科学中心"。白昼一派繁华，夜晚灯火通明，让我们想象中的未来真的到来了。

这其实是"光明"的应有之意。奔向光明是人之天性，光明区已拥有人口百万之多，其中藏龙卧虎，不乏从全国乃至世界各地吸引来的高端科技人才，个个施展殊能。它恰好又位于"广深港发展的中轴"，是广深科技走廊的重要节点，便自然而然地成为深圳的"智造高地"、生态型高新技术产业区。可谓得天独厚，高标逸韵。

空言"高大上"欠缺说服力，还是提供具体的镜头。光明区有一街道名"凤凰"，由当地一古村名演绎而来。此地曾有一山，昂首向东，甩尾于西，两翼往南北伸展，状若凤凰展翅。每天清晨 7 时前后，上班的人陆续走出主街两旁各种二三十层高的住宅楼，进入胡同，由胡同涌向主街。如同从各个山峰上下来的溪水，最终汇成滚滚洪流，浪催浪赶，奔向街口。

这洪流中除去步行者，还有14000辆电动车和数不清的汽车，"上班族"意兴遄飞地奔向自己的工作岗位。这是忙碌的洪流，也是欢乐的车水马龙，畅然爽然，夹带着诗人的吟唱："日出不是早晨，是朝气……"疫情中被"隔离"过的人，体验会更深刻，仿照托翁的句式：人生唯一可能的、唯一真实的、长久的、最牢靠的快乐，首先是从工作中得来的。

光明区有个"凤凰之环"，就在此街。由珍珠、钻石般的高端企业构成。数字时代，能说明这个"凤凰之环"的价值，也只有靠数字：区区一个光明的街道，竟集中了一批高新企业、大型企业，凤凰环上有年产值（以2021年为例）超百亿元的企业4家，超十亿元的企业15家，过亿的企业56家。当年"规模以上工业总产值1419亿元"。

"规模以上"这个词，令人感到新鲜，企业要达到一定的规模，才可进入统计范围。无以计数的"小打小闹"，不在计算之列。

当今世界是商界，在商言商，曾有过负债写作经历的陀思妥耶夫斯基曾说："金钱是铸造出来的自由。"历史和现实都证明，在地球村的丛林里，贫穷落后只有被卡脖子或挨打的份儿。王尔德则更直截了当："在我年轻的时候，曾以为金钱是世界上最重要的东西，现在我老了，才知道的确如此。"

光明区给人的启示："让利润充满阳光，让财富远离虚荣。"他们做到了。

凤凰环的中心，是"田园科学城"。在深圳高楼大厦并不新奇，田园般的高楼大厦或高楼大厦式的田园，就不一样了。光明的"高新技术产业区"不难理解，为什么会是"生态型"的？高新技术和生态如何协调？

不可把光明想象成现代大都市里一般的繁华区，这是岭南的一块宝地。面积156平方公里，且青山环绕，背山面海，境内岗峦起伏，端的是"万里青山入繁城"。区域内是典型的多台地和冲积平原，因此土地资源丰富，耕地面积2万余亩，还有近百平方公里尚未开垦的土地……潜力深厚，善生俊异。

"土地是财富之母"，现代发达国家，无不"以都市为灵魂，以土地为根基"。这是光明区最大的优势，也是在为深圳、为国家养蓄后劲。因此，这个现代工业发达的光明区，竟然还有"亚洲最大的养鸽基地""国内最大的鲜奶出口基地""广东最大的西式肉制品基地"……因此，在光明的任何一家饭店里都能喝到"牛初乳"，也就不足为奇了。

有土地，还要有生命之源——水。光明区水系丰富，茅洲河穿境而过，另有15条干流和支流，草长莺飞，生机盎然，人们沿水而嬉，气韵俱盛。水域广阔，于是形成鹅颈、大凼、红坳等18座水库，其中公明水库，面积6平方公里，相当于杭州的西湖。水深60米，库容1.42亿立方米。是深圳战略贮备用水。

——从这个意义上说，光明区可谓是深圳的"大后方"，或者叫作"根据地"。

其实，光明是块古地。建制于明末清初。曾名"公平圩""公正圩"，取"公道""光明"之意。以彰显公明，辨别善恶。

公道自然光明，光明必须公道。1958年成立"光明农场"，专为香港提供高品质的农副产品。于是，"光明"有了更具体而深邃的含义，公平之上还有正义，光明之上还有人道。

天高地厚，山水连城，大自然赐予光明区以上佳的生态环境，再加上有规划也有条件精心维护，自然是锦上起锦，花上添花。域内多古树奇木，卓然高枝，撑开浓荫，洒下一片清凉。除较集中的万亩荔枝林和 83 平方公里的生态控制区外，全域随处可见果木。以红花山公园、虹桥公园、欢乐田园等 260 座大小不等的社会公园，构成全区别有特色的花园体系，做到"推窗见绿，出门入园"。

光明、光明，不远闹市，又不失宁静。林在城中，水在林间，房在园中，人在花中……倘是穿过繁华的中心区，便是绿原阔野，阡陌纵横。古街两侧青砖绿瓦，林木森森，叶茂花繁。譬如大顶岭，山不是很高，道路整洁，没有垃圾不足奇，也没有随处可见、人们却又见怪不怪的文字垃圾，就令人格外神清气爽。山上山下古木森然，繁荫重重，是早晨人们活动腿脚、强健身心的仙境一般的去处。

向往光明，自然要有一个归心亭。这是一座建在山冈上的高台，周围珍卉丛生，随时异色。台顶建亭，亭外有敞阔的平台，清风习习，成为百姓夜晚消闲的妙处。每当夜幕降临，站在台上纵目远眺，深圳和香港的万家灯火，尽收眼底，四周一片光华璀璨。平台上有情侣私语，孩子嬉戏，有老中青不同年龄的男女在跳舞，还有合唱团在敞亮的亭子里放声高歌……

弘一法师有名联："放大光明百千亿；灭除一切众生苦。"光明的含义——不就是饶益众生吗？

空中草原

果然是"天苍苍，野茫茫"！

天，何以会苍翠？是伊犁之绿从河谷一直铺展到天上——"天山之上"。

此谓："空中草原"。

不是一疙瘩一块的草坪或草场，而是一片片几十平方公里的山顶草原。草高齐胸，野花烂漫，清香徐徐，透彻心脾，是人间仙境，还是仙界凡间？正因为它在"空中"，环境优良，水量充沛，草不退化，且再生能力极强，目前是中国唯一没有被破坏的草原了！

托举着"空中草原"的，是山腰无边无际的森林长廊，万树结一绿，背岭色更深。如高高的银冠一般护佑着"空中草原"的，则是天山的座座雪峰，皑皑千里，光摇万象。

远看山与天相接，绿与山相溶，草色浩荡，林莽滔滔，汹涌起伏，大绿无边！

只要天上还落雪，就偏不了珠穆朗玛和海拔约 7447 米的天山托木尔峰。只要地球上还有季节变化，天山之水就会源源不断地流下来。在普天之下闹水荒的今天，伊犁有河流 208 条，冰川 3065 条，面积在一平方公里以上的湖泊 26 个……

古云："山为魂，地为魄。"山高地阔，成就了伊犁千里沃野，其河谷平原是中国三大平原之一；也成就了伊犁"塞外江南""瓜果之乡"的美誉。

中国的整体地势，为西高东低，河流几乎都是由西向东流。只有伊犁，其势东高西低，河流由东向西。

清代西北史地学的奠基者祁韵士，像其他谪贬到伊犁的人一样，最后也喜欢上了伊犁，他在《天山》一诗中写道："中原多少青山脉，鼻祖还看就此分。"

深井之"深"

粤菜中的名牌"深井烧鹅",并非在一口很深的井里烧制,而是最好吃的烧鹅产自"深井村"。广东的有些"村",可不是人们心目中一般意义上的村庄,令人最不敢小瞧的就是村。黄埔是村,深圳、珠海都曾经是小渔村……

但,深井村,七百多年前就是富贵如"金鼎"的村,如今还是村,却名人辈出,对历史和文化做出过独特贡献,有道不尽的故事。足以令人深长思之。

在世人皆渴望早出名、出大名的现代商品社会,深井村依然骨头包着肉,"闷声发财"。这很容易让人想起改革开放之初,在"让一部分人先富起来的"口号鼓舞下,出现了几个自封为"天下第一村""中国第一村"……曾几何时,他们"致富"的神话似已自行破灭。究其因,还是太浅,生活是心物之合,也是心物之争,这是他们心败给物的结果。缺少深井村的"深"。

那么,深井村到底"深"在哪里?

单是这村名就像《论语》《庄子》《红楼梦》一样，有多种解读。深井于北宋年间立村，初名"宁仁里"，取宁静仁义之意。元末明初，因村落被众多小山环绕，其形似鼎，阳光下金光闪闪，故易名"金鼎"。释义为"双手捧日，重振辉煌"。

多么响亮张扬的名字，怎么又改成"深井"呢？

一说，深井坐落于珠江主航道和支流夹挟冲积而成的小岛上。而江水靠近狮子洋，常有咸潮，所以村里几乎家家有井，凡井都是甘泉，故名"深井"。此说颇牵强，井多、井水甜，不等于井深。深井村的井甚至恰恰相反，因村落四面是水，下挖两三米便见甘泉。

还有一说，因特殊的自然条件，村人大都养鹅，其肉质肥美、细腻。烹制烧鹅又特选中、小个头的"清远黑棕鹅"，所用之井也十分讲究，要在泥质上佳的土地上挖一口干井，下堆荔枝木炭，井口横搭铁枝……广府人极爱吃"深井烧鹅"，而广府人又遍布港、澳乃至世界各地，于是村以鹅名。

我却更愿意相信第三种说法。凌氏入粤先祖凌震，身为广东制置使，即最高军事长官，在蒙古元军南侵时，率军两次收复广州。最终因大势已去，抗元失败。其第六子凌方名，选中若世外桃源般的"金鼎村"。江心小岛四面环水，村在岛中心，又四面环山，环环相护，隔绝尘埃。但，阴山韫异气，有"危"才有"机"，于是他将原号"厚峰"改为"潜隐"，素履冲澹，隐者生存。并将"金鼎"改为"深井"。大隐隐于市，取意"隐藏于深深的市井之中"。

真正让村人舍"金鼎"之名而取深井，是到明洪武年间，深井凌氏四世孙凌志达，在京城受何左丞不轨案株连，全家数十口被杀。凶耗传来，村人唯恐"跟进"被灭族，星夜将村口门楼上"金鼎"的石匾摘下，正式将村名改为"深井"。

这一"深"，反而过上了数百年钟鸣鼎食般的日子。可见悲观也是一种优势，可让人生活在真实中，真遇到坏事反而不会过于悲观。不像现代人习惯于活在自己或别人创造的词句和思想中，一旦灾祸降临，难以应对。我为什么用"钟鸣鼎食"形容深井人的生活？

至今深井村还保留着众多祠堂和私塾，单是凌氏家族就有七座祠堂，祠堂也可用作学堂。难怪中国住房和城乡建设部将深井命名为"中国传统村落"。据说在全国这样的村落并不多。深井村里古木森森，翠云交干，有不少150年以上的老树，诸如细叶榕、大叶榕、山牡荆、五月茶、华南皂荚等等。我是"过来人"，不可能不想到，这些祠堂、私塾、老树等等，是怎么躲过历代劫波的？

所以你不得不承认，深井确实深不可测。深井人也活得沉实有范。因"深"是智慧，随时间形成一种规范，影响民风、民俗。

深井之"深"，在文武两道。村里先后出过七个进士，其中有三个武进士。我在一高堂大院内就结识了一位老人，年逾古稀，却在咏春拳著名的木桩上虎虎生风地飞速击打，力道生猛，豪侠有风概。他见我走近便停手，让我打他，我觉太过唐突，便上前摸他的肌肉，竟是软的。他告诉我，好的肌肉用的时候硬，不用的时候是柔软的，那种老是硬邦邦的，是死肉。旁边的人介绍说，他年轻时打遍广州无敌手，后来被招进警察局，立功无数。如今是深井村武术训练班顾问。

如今生活节奏何其紧张，为生存、为发财、为出名……深井村竟然还有武术训练班？这很像70年前我的家乡，每到冬闲时，好武的年轻人会聚到一个大院子里，跟村里武功最好的人学武。我也曾是其中的一个。

最令人称奇的是，在这个四面环水的小岛上，区区只有2.6平方公里，当初凌方名选中此地，不就是因为它实在是适宜隐居、深藏吗？怎会"深藏"出了这么多进士？这在广东独一无二，我不知在全国还有几个这样的"进士村"？

生活不富裕，能读得起书吗？四面都是活水，活水是利，流动是财源不断。而"隐"能读书，读书可明理，明理则养气。养胆气、骨气、浩然之气。"隐"是修为，是积蓄，不是目的。否则深井村怎能一个一个地出进士？现代人不是可以从深井乃至深海里发射钻天入地的导弹吗！

《深井村史》载，清嘉庆六年的进士凌旭升，任山东安邱县知县，大旱之年"旭日东升"的县太爷在烈日下求雨，大雨随即倾盆而下。无论是碰巧，还是他严正决绝的赤诚之心真能感天动地，都成为流传久远的佳话。他擅长医术，百姓有疾，亲自诊治，并赠药赠方，遂使全县疾患大减。其仁恕温谨的做派，被县里的妇女儿童呼为"凌婆婆"。

光绪二十一年（1895 年）的进士凌福彭，担任天津知府兼直隶布政使期间，正值袁世凯在直隶推行新政，凌福彭与赵秉钧合作从八国联军手中接管天津，成为天津地方自治的开创者。后通过巡警在天津开展人口普查——是深井人凌福彭开创了中国人口普查的先例。随即推进司法公正，兴办独立审判厅，凌福彭成为日后中国现代法院的鼻祖。

他改革监狱制度，1904 年为罪犯创办了"习艺所"，自任习艺所督办。这是天津第一所监狱，也是家喻户晓的最神秘的地方，偌大的一片灰砖高墙，墙上有电网，墙角有岗楼。因坐落于天津城西的小西关，天津人都把它叫成"西狱所"。

我曾当过几年司法局的"督察员"，第一次进"习艺所"吃一惊，它更像一个连带单身宿舍的综合性工厂，厂区大于监舍区。直到十几年前才拆除，在监狱的旧址上改建人民医院。因为医院天天在"动刀"，也会死人，什么样的凶气、煞气都镇唬得住。

深井村凌家还出了著名女作家凌叔华以及诸多对民族、对历史有贡献的人物。村中的大姓凌家，是从沧州河间迁过来的，这也令我这个在天津工作的沧州人，有种莫名的邈远而亲切的感觉，进得村去，心神为之一振。

深井之"深"，留给我的思索极其丰富。比如，原本"深藏不露"

的深井村，竟是中国第一个"国际村"。

地以水兴，人亦如此。中国最早的商贸大港是广州南海神庙，唐代称"扶胥港"。后迁至黄埔港，黄埔港淤塞便借助深井码头。因深井水甜，外国海员及各路商贾在返航时，多在深井储备淡水。很快，深井村民大多能通晓英、法以及阿拉伯等外国语言。清雍正十三年（1735年），广东巡抚杨永斌在写给朝廷的奏报中称："深井村民多有能蕃语者。"

有史学家称，是翻译"搞砸了乾隆与马戛尔尼使团的历史性会面"，堂堂天朝竟没有通晓英语的翻译，英国人也没有带懂汉语的翻译，通过拉丁语转换，弄得驴唇不对马嘴，致使双方不欢而散。马戛尔尼抱着一番通商诚意而来，却败兴而归。否则后面的中英战争或许不会爆发，历史改写。我唠叨这个事件，是为证明那时的深井村民懂外语，多么难得。

那么，深井村人怎么会"夷语"呢？

因为他们要独自跟洋人打交道，相互语言不通怎么行？他们"于洋轮湾泊处所搭盖蓬寮，货卖蔬菜食物或缝衣剃头"。当时村里洋人也很多，有一次英国海员和法国船员在深井村酒后斗殴，弄出人命。中国地方官上报朝廷，乾隆批示，以后只允许法国人在深井村出入，而英国人只能在与深井一河之隔的长洲村活动……可见那时深井村的"国际景观"多么热闹。至今深井村还有一大片"外国人公墓"，有墓穴数百座，据传其中还有美国首任驻华公使亚历山大的墓。

这引出了另外一种事端，深井有些村人"串通夷人，每于夜深时将私货密藏寮内，搭乡艇运之省城，或佛山换货漏税"。因为是跟外国人交易，超过了被称作"资本主义尾巴"的倒买倒卖，用现在的话上纲上线，就是走私。如果真算走私，那深井村民就是中国走私的"祖师爷"了？

你说，这个深井村，深不深？

从雪域到黑土

　　还是"新冠疫情"前，东北朋友来信，说"嫩江基地"改为"中国储备粮公司"。原基地的有些朋友留下了，有些人离开了。我不禁怀念在嫩江的日子，想来基地政委井安民，退休后该回到西宁跟家人团聚了。

　　他的经历最为传奇。

　　当初接到要调离青藏高原的命令，竟突然意识到自己已经离不开青藏线了。原来他是这么喜欢这儿。他爱这冰雪高原，更爱这条穿透了十万大山的公路。他的生命已在这里扎了很深的根，这里埋葬着他的亲人和战友，这里有他的家，是他人生的基地。

　　但他知道自己是不会违抗命令的。

　　他是个规范的军人，连经历都是非常规范的：1960年考入西宁铁道学院，一年半以后参军来到青藏兵站部，成了一名青藏线上汽车驾驶员的助手，然后是当驾驶员、班长、副排长、排长、副连长、组织股长、营长、副团长、政治处主任、汽车团政委、青藏兵站部副政委。

部队师级职务以下的所有台阶，他都走过，规规矩矩，按部就班，在上级命令的指导下，他一个台阶一个台阶地上，最快半年上一个台阶，最慢八年上一个台阶。无论快慢从来不越位，也没有跳过一个台阶。更从来没有想过，自己在退休前还会离开青藏公路……

这是一条魔路，没来的时候怕来，来了以后怕走。

他要向青藏线告别。从接到命令那天起，思想就喜欢向过去的经历巡游。所谓青藏线，是一个立体的几何概念，包括公路、通信线路、石油管线和青海省内的一段铁路。其中公路是青藏线的主体，没有它别的就无从依附。

青藏公路从西宁到拉萨，全长两千多公里，要钻进海拔三千七百米的昆仑山口，在海拔四千七百七十六米的昆仑山顶通过，穿过六百公里长的冰冻层，再翻越海拔五千二百多米的唐古拉山，最后回落到海拔只有三千多米的拉萨。倘若整个地球是一个游乐园，那青藏线的起伏跌宕就如同过山车的轨道。

修筑青藏线要比古人修长城困难得多。其根据就是古人几次想修而没有修成——

就连"天纵英明"的唐太宗李世民，几次三番想进入西藏，均未成功。最后想出了一个聪明的主意，把两公主文成、金城，嫁给当时吐蕃的赞普松赞干布和赤德祖赞。这个和亲的办法成为佳话留传下来。

用姻亲的纽带权充一条公路。

实际上感情的桥梁难以代替一条实实在在的通道。国民党时期，军阀马步芳也想征服西藏，兵到唐古拉，不战自溃。中国大陆也曾被西方列强瓜分过，曾被日本侵占过。但他们都未曾进得去西藏。

于是，在世人的眼里，西藏成了地球的第三极。神秘难测，连探险队都进不去。直到1950年，一个新的中国如日初升，占尽天时、地利、人和的优势，没有任何一种力量能阻挡得住它的崛起。作为这种气势前导的解放军，更是出神入化，在创造了一系列的奇迹般的胜利之后，顺势以和平的方式也解放了西藏。

进军西藏固然不像写的这么容易，但要保证驻藏部队的后勤供应似乎更难。后来成为西藏自治区主席的阿沛·阿旺晋美，曾亲自组织人用牦牛给解放军运送给养。能解一时之急，但终非长久之计。

长久之计是修一条路，有了一条通道，西藏就不会封闭，不封闭就不会落后，就会跟整个国家同步。提到青藏公路，就不能不提它的创造者慕生忠，他当时是兰州军区民运部部长，负责对西藏的运输。他曾赶着七千峰骆驼进藏——7000峰骆驼，那是一种什么场面？是世界上最庞大的骆驼队，踢踢踏踏，颠颠颤颤，浩浩荡荡，摇摇晃晃，在皑皑雪原上像一条会移动的花白色长城。

骆驼上驮的东西只有很少一部分是慕生忠想运进西藏的，大部分是骆驼的饲料，因为往返一次要七个月。这些"沙漠之舟"在戈壁滩上可以逞雄，一到了海拔四五千米的冰川雪原上，就显得笨拙无力，死伤大半。其情其状，极为惨烈！

慕生忠觉得对不起这些温驯忠诚的骆驼。他决心修路。

1951年他带着两个警卫员，用三个月的时间步行到重庆，勘察川藏间修路的可能性。随后又赶着马车从青海进藏，确定了青藏线的最佳路线。他却得不到别人的理解，更不要说是人力和物力上的支持。在碰了许多钉子之后，他被逼无奈给自己的老首长、当时的国防部长彭德怀写了个报告，彭总又请示周恩来总理，批给他三十万元人民币。

他带领一千多名民工，用了七个多月的时间，神话般地修出了三百公里长的大道。彭总闻讯大喜，又给他追加了二百万元的投资，一百辆运输车，一个工兵营。

1954年12月25日，慕生忠公路修到了拉萨，成就了青藏线。其险、其高、其美，也是地球上独一无二的。从国家的中部到西南部有了一条大动脉，于是青藏高原活了！

但要持久地保持这条路，又谈何容易。

井安民在青藏线上跑车二十六年，往返数百趟。

在一条平坦大道上顺顺利利地跑了一百趟，也许还跑不出感情。但是在青藏线上跑一趟车，你终生再不会忘记它了。当你早晨上汽车的时候不知道这一天会发生什么情况，不知道能不能平安回来，可是你居然跑了一趟又一趟，跑了一年又一年，几十年下来你怎么会对它没感情！

他曾经非常消瘦。而中国人见了面就爱关心别人的脸色、气色、胖瘦以及吃饭了没有。不经常见面的熟人一碰到他定会大呼小叫，一副无比关心的样子：你怎么这么瘦？气色也不好！

这使他很不自在，无言以对。长时间地，他尽力躲避老熟人，不得已碰了面，也不让对方有机会来评论他的气色和胖瘦。他心里很清楚自己没有大问题，经常拉肚，肠胃难得有舒服的时候，怎么能胖呢？

在青藏线上跑车什么东西都得吃，只要能充饥就行。正常的情况下馒头放在工具箱里，冻成冰疙瘩，滚了一层油垢，放在出气管上烤一下，用手擦擦油垢就吃了。如果能捡到干牛粪，把馒头烤得焦黄，那就更香了。倘若大雪封山，汽车抛锚，不知要等多少天，只能挖野葱，吞雪团，附近如果能找到老百姓，就讨一点饭吃。

眼下是三月早春，江南自不必说，就是华北大地也该树返青、草吐绿了。在这青藏高原上却还是低头看雪，抬头看冰，冰峰雪嶂摩肩而立，乱插遥天，矗矗生寒。他已经习惯了单一的白色，青藏高原一年四季都可以下雪。其实这里的四季只是写在日历上，在现实中整年是冬天，没有春夏秋。

他甚至也不记得轻风、柔风、和风是什么样的了，青藏线上有风就是大的，扬尘搅雪，封山断路。他常常被困在半路，为了不被冻死，深更半夜围着汽车一圈一圈地跑。他睡过雪窝，睡过冰坂，睡过旷野。倘若能找到一个小涵洞就是天大的福气——把被子铺在冰上，用帆布把洞口一堵，很暖和，可算是汽车兵的星级宾馆了！

他们当然也有自己的欢乐，青藏线上流传着著名的四大舒服：第一舒服喝热稀饭；第二舒服过桥，长桥五六百米，水泥桥面，不颠簸，像坐飞机一样——其实他们都没有坐过飞机，并不知道坐飞机是什么滋味；第三舒服放屁，由于高寒、缺氧，吃冷的喝凉的，使他们的肚子成天胀鼓鼓的，摸也好敲也好都是不通、不通、不通，人人都盼着放俩屁痛快痛快；第四舒服晚上睡在皮毛上，天气有多冷，被窝有多冷，在屋里洗漱用具放在桌上第二天就拿不下来了，更不要谈睡在露天，反铺皮大衣，让身子挨着毛，是人间一大美！

这样的地方为什么没有人开小差？没有人闹着要调走？有人能离开竟会舍不得呢？

井安民要向永远留在青藏线上的战友告别。

这里埋着七百多名为青藏线献出生命的烈士，是和平时期建起来的最大陵园。重云托天，素雪盖地，四周大山披白，峰峦挂孝，表达青藏高原对人类生命的敬畏感。

墓默默，碑寒峭，它们不只是对烈士的纪念，也是青藏线的一块功德碑。

有一块碑上刻着三十多个人的名字，他们的遗体紧紧密密、结结实实地冻在一起，分不清谁是谁，也无法把他们分开——又何必要把他们分开呢？

有一段路格外凶险，天小山大，路窄涧阔，断崖万仞，势如削冰。平均走七点八公里就倒下一个人，一千零八十公里曾死过一百三十六人！

他是幸运的，在一次事故中只把脊椎撞断了三分之二。还有一次空车下山，气泵坏了，汽车如飞机俯冲而下，他抱住手闸狠命刹住车的时候，车头和前轱辘已冲出公路，悬在半空，下面是黑森森的万丈深涧。是车盘卡在路边的石头上，救了他一命。

看着战友在自己身边倒下，活着的人也如同摘心撕肺，跟在平原上，在家里死个亲人的痛苦是一样的，似乎更亲，更痛，更悲，更烈。因为他们在长期的艰险中生死与共，关系不是寻常的骨肉兄弟、亲戚朋友所能比的。

一个战士因发烧后又得了肺水肿，眼看不行了，班长发疯似的咒骂自己：浑蛋，我真是浑蛋，为什么不提醒你多带几个氧气袋！刚从军医大学分配来的年轻军医无力地想为自己辩解：我以为带这几个足够了，按一般情况也应该是够用的了……

一般情况？青藏线上哪有一般情况，分分秒秒都是特殊情况！每年每月每日每时每刻都是特殊、特殊、特殊！班长被悔恨吞噬着却不肯埋怨医生，他在内地的大城市长大，肯到青藏线上来工作已经很不错了。他缺少经验，还分不清感冒和肺水肿的区别，还没见过一个挺好的人会在睡梦中悄悄死去。

班长抱住年轻的战友，让他在自己的怀里尽量躺得舒服些，喘气有些力气，不停地鼓励他：再坚持一会儿，还有十分钟就到兵站了，到兵站一吸上氧气就好了……只有十九岁的战士平静而坚强，没有哭闹，没有怨恨，甚至没有流露出痛苦："班长，我不行了。妈，我想我妈！"

说完这句话战士便告别了这个世界，告别了自己的班长、卡车、青藏线和满眼的冰雪，唯独没有跟他的老娘告别！

他的母亲有病，怎能把这个消息告诉她？叫她怎么相信自己活蹦乱跳的儿子说没就没了呢？不告诉她又怎么办？难道继续用冒名顶替的办法，制造更大的悲剧？

井安民离开了那位年轻战士的墓，看到了陵园里一个年纪最小的死者的碑。他刚满一周岁，跟着母亲来青藏线上看望他的父亲，他的父亲在昆仑山兵站上。他是全家的希望和欢乐，家人也想给还从来没见过他的父亲一个大的惊喜。谁知他那稚嫩的心脏承受不了青藏高原上缺氧的压力，终于没有见到他的父亲。她的母亲紧紧抱着他冰凉的身体，永远不想放下，几个小伙子也掰不开她的手……

井安民失去了一份儿军人的气度和勇壮，只有悲怆！

他太理解那个孩子母亲的痛苦了。他的母亲为他带大了三个女儿，来青藏线上看望他们，身体本来很硬朗，突然发病，来不及准确地诊断，来不及抢救，就倒在了青藏线上。

母亲是他的"基地"，想起母亲就有一种归宿感，回到母亲身边就会有安全感、轻松感。母亲死在青藏高原上，建在青藏高原上的他的小家，便成了他的基地，这个基地也是依存于青藏线的。他如调离青藏线，连自己的基地也失去了。然而这个基地是非常值得珍惜的……

生活在青藏线上的人都懂得相互帮助，共患难，同生死，因此形成了特殊的人际关系：单纯、和善，格外重视战友情谊。青藏线运送各种物资，沟通西南大陆，东部沿海的各种现代风气、新潮观念却无法全部送到青藏线上来，运上高原。

冰雪有防腐、消毒、降温的功效，奇高奇险又能隔尘绝俗。习惯了青藏线上的生活，就不能适应其他地方的生活。有些老兵转业回到上海、安徽、山东，没过多久又跑回了青藏线。甚至许多有病的人，兵站部医院开出病历叫他们到西安军事医科大学作彻底检查。他们往往把病历撕掉，也不去检查。一是怕确诊后让自己转业离开青藏线；二是怕去了后变个骨灰盒被送回家，既然都得死，不如死在青藏线上，埋在青藏线上。

井安民收住邈远的遐想，终于要离开青藏线了。像当年他来的时候一样，是一个人离开的。他的家还留在青海，妻子在这里有自己喜欢的一时离不开的工作。如今妻子成了他的基地，妻子在哪里，哪里就是他的家，就是他的基地。

连他要好的战友中都有人想不通，他为什么不拒绝这次提拔？都五十岁出头的人了，又是一身病，为什么还像当年参军一样单身赴任？再说那是个什么"任"啊？并不是一个好地方……

原总后勤部下属几十个师级单位，条件最艰苦的有两个：一个是青藏兵站部，另一个就是他要去的地方，在中国的最东北部，夹在大兴安岭和小兴安岭之间的"总后嫩江基地"。从西南到东北，从雪域高原到嫩江平原，在一个最艰苦的地方工作三十三年，又调到另一个最艰苦的地方。

正因为如此，他才必须服从命令！

真正的勇气有好几种，包括服从和隐忍自励。而且，他也不相信从青藏线上下来的人，还会有吃不了的苦和受不了的累。他对"嫩江基地"这个名字有好感，让人想到家，感到亲切。

基地拥有44万亩黑土地，一望无际，黑得纯粹，黑得油亮，黑得湿润松软，仿佛一把能攥出油来。当地人说"插下根筷子也发芽"。同时又黑得干净，黑得让人生出一种亲近，想在上面跑跳，想在上面打滚，沾上一身黑土黑泥也不会嫌脏。

地球上有三块黑土地，一块在乌克兰，使乌克兰成为苏联的粮仓。另一块在北美洲的中部，使加拿大的小麦居世界之首，使美国成为世界头号农业强国。第三块就在中国的松花江和嫩江平原上。这块黑土地的中心是北纬49度，东经125度，从中国地图上看，正处在"鸡头"的脑部，头冷脚暖，它属高寒地区，冬季气温为零下48摄氏度，年平均气温是零下 1 摄氏度，全年无霜期只有一百天左右。

世界三大块黑土都分布在北纬 45 度以上的寒冷地带。说明寒冷是形成黑土地的一个重要条件，经过寒冷孕育出来的绿才辉煌壮阔。见惯了黄土和红土的人，常以为松嫩平原上铺了一层黑粪。翻开的黑土，在阳光下闪着亮光，如同挂了一层油。

有这样的黑土才会有盛大的绿色。一到夏天，那便是真正的绿，四十四万亩大绿，波澜壮阔，多姿多彩，绿油油，水汪汪，纤尘不染，天地洁净，却磅礴着生机。

但，三月的嫩江平原，像青藏高原一样寒冷，颜色也是一样的，一片雪白。有水的地方都是冰，水多深冰多厚，没有冰的地方就是雪。只是缺少莽莽荡荡、擎日拂天的大山。

然而，井安民对自身的感觉却是大不一样——

人人都知道生活在平原上的人进入青藏高原会有"高原反应"：呼吸困难，四肢乏力，或突发心脏病，或在不知不觉中窒息而亡。

有谁知道在高原上生活惯了的人，一来到平原同样不适应，因空气中含氧量过大，他得了一种"醉氧"病。没有感冒，却像得了重感冒，浑身难受，无处不疼。最疼的还是脑袋，且胀得大如麦斗，连帽子都戴不进去，蒙蒙懵懵，欲裂欲昏，如锥刺，如棒击。

再加上他长期在缺氧地带生活，因心肌缺血而形成心脏肥厚，回到平原胸闷，恶心，痛苦不堪。在青藏高原上天天睡不好，每到夜晚似睡非睡，外面的动静听得一清二楚。来到这嫩江平原上又变得睡不醒，睡一夜如同眨个眼，一个梦还未做完就该起床了。况且常常是几个梦、一团梦搅在一起，梦梦离不开青藏线。

他如不强迫自己醒来，真担心会一直睡下去，也许同样会睡死。只有得了"醉氧"病的人才知道，强迫自己起床有多困难，如同叫一个醉酒的人清醒一样难！

让井安民感到更难的是他不想让基地的官兵失望，认为他们的新政委是个病号。因此人们每天见到的是一个仪表整洁、沉稳谦和的政委。脸上带着西部高原人的紫红色，看上去既年轻又健康。一双温和的眼睛能透视人间，又能包容人间的一切，充满智慧，给他这个高原人增加一份儒雅。

他身为基地政委，并不吝啬自己的笑容，他的笑无人能抗拒，流露出坦诚朴厚的性格。即便是第一次见他，也会立刻缩短距离，感到亲近、随和，完全可以信赖他。还有他那浓重的西部口音，更增加了他的质朴。一个五十多岁的人了，胸襟仿佛不曾被污染过……这怎么可能呢？

基地三千多名官兵，没有人知道井安民还忍受着巨大的痛苦。只知道他起得早，睡得晚，虽身为嫩江基地的政委，自己却没有一个基地。吃食堂，睡办公室，一早一晚都用来工作了，使人无法不对他的经历产生好奇心。

是啊，他不把自己的"基地"搬来，又怎能安基地官兵的心呢？他的"基地"又在哪里呢？

一家五口四个兵，分散在五个地方：妻子在西宁，大女儿在北京一家部队医院当医生，二女儿在西安的第一军事医科大学读书，小女儿在重庆的第三军事医科大学读书，分布在东西南北中。从雄鸡状的中国地图上看，他们一家分布在鸡头、鸡脖子、鸡心上。

他不能说只有自己重要，三个女儿和她们的母亲一样都有自己的生命轨迹。眼下看来只有把整个中国当作自己的基地了。

他没有基地，女儿们却把他视为自己的基地，他是全家可以依靠的大树。小女儿最娇，就是想父母。她觉得光靠写信还不能完全表达和排遣自己对父母的想念，就画了许多画，属于想念母亲的就寄给母亲，属于想念父亲的就寄给了井安民。这些画给井安民以意想不到的

安慰和快乐。他猜测有些画是女儿根据自己的梦画的:

她翘着两条小辫儿,坐在井安民的宽肩膀上,晃着脑袋大笑;井安民背着背包,气宇轩昂地大步往前走,女儿在后边追赶;一张中国地图,在重庆的位置上冒出一个姑娘的头,向着嫩江的地方拼命伸手,在嫩江的地方冒出井安民的头,向女儿伸着手,两只手就是够不上;井安民捂着肚子生病了,小女儿俨然一副医生派头,为他按摩,为他打针……小女儿竟以现代年轻人单纯的复杂和复杂的单纯,怀疑父亲是犯了错误,才被调离青藏线,分配到大东北。

她并未来过东北,认为这里很可怕,纯属是一种孩子气的误解。但她把青藏看得那么重要,那么美好,令井安民感到欣慰。

这里是原总后勤部的粮食基地,政委理应是基地官兵的思想基地,在精神上成为全基地的凝和剂。他拼命地投入工作,想用增加负荷和多消耗,来抵消"醉氧"反应。基地下属八个场,最远的离基地九十多公里,最近的也有三十公里,共有十五个团级单位,四十四万亩土地,他用几个月的时间跑了五遍。跑出了对这片黑土地的感情;熟悉了情况,他到位了,用最快的速度称职地站到了自己的位置上。

但是,他的身体仍然不适应,随着时间的推移痛苦并未减轻多少。基地组织篮球比赛,他这个政委怎能不上场,上了场还必须积极拼搏,又跑又跳。他靠强大的意志挺下来了,没有当场晕倒,没有呕吐,心脏也没有抛弃他,只是扭伤一只脚,浑身疼得像散了架……他拄着拐杖继续下基层。

医生劝告他,治疗严重的缺氧反应,最有效的办法是吸氧。治疗严重的"醉氧"反应,最可靠的办法是在基地工作一段时间,再回青藏高原上去调整一下,然后再回来。工作一段再回去,一次比一次待的时间长,经过几次调整就适应了。

他能做到吗?如此说来他的基地暂时还只能留在青藏线上。可是他越来越喜欢嫩江基地这支部队，喜欢这里的黑土，这里的绿色——嫩江平原上夏季的大绿，具有强大的诱惑力和征服性。

当他早晨起来，扑进湿漉漉的绿色，举目随便往哪个方向看都是绿的：庄稼是绿的，顶着绿色的露珠；树是绿的，披着绿色水汽。没有一点杂质，一个黄叶，一根枯枝，绿得晶莹，绿得剔透。生活在这样的绿色之中，会感受到一种强大的生机！

他一定要让妻子和女儿们来见识一下这嫩江的绿色。

不，还是让他们秋天来。黑土地对人类的奉献，是在深秋，黑土地上的秋熟。成熟的大豆棵变成了铁褐色，齐刷刷，黑压压，像比着尺子长得一样齐，一样高，一样饱满，在辽阔的黑土地上无拘无束、无穷无尽地铺展开来。

一般人头脑里关于庄稼地的概念是成块的，成条的，有各种形状的，有大有小，地里长着高高低低、五花八门的庄稼。站在黑土地上却不敢确定这还叫不叫庄稼地？

这里的地没有边，没有界，没有形状，天是圆的地就是圆的，天是方的地也是方的。你一眼能看多远，大豆地就伸展多远，如同航行在太平洋上对海水的感觉一样，谁能估计得出海水有多少呢？

黑土地上的秋收是一场真正大战。几百台各种型号的大型联合收割机，有规则地分布在四十四万亩土地上，排开了阵势，这一个个庞然大物把大豆连秆带荚一并吞下，将滚圆的豆粒留在自己肚里，又飞快地吐出豆秆和豆荚，如同战舰搅起海浪。

拖拉机跟在它后面耙地，辛苦了一年的黑土地又露出它的真面目，显得轻松而欣慰。卡车往来穿梭，把收割机吐出来的黄灿灿、饱满的豆粒运到场院里。说它像一场大战，还因为从战斗一打响便不能停下来，无分昼夜，大概要持续一个多月，直至把黑土地上的最后一粒豆子收进仓库。

井安民在青藏线跑车，几乎没有收获和利润的概念，而嫩江基地，每年收获大豆 2 亿多斤，上缴利润近亿元。

这个数字在上个世纪九十年代初，不仅在国内农业领域是首屈一指的，在国际上也处于先进行列。当时美国的人均大豆产量是 20 万斤，英、德、法、澳等国是 15 万斤，嫩江基地则人均年产大豆 18 万斤。

而且他们生产的是优质大豆，大豆被称作"蛋白质之王"，人的生存就是蛋白质的存在形式，"要长寿，吃大豆"。精明的日本人早就开始抢购中国东北的大豆。

何况饲料、制药、工业用油也都需要大豆。

这里既然是产粮的最好的基地，一定也是生命存活成长的优良基地。井安民渴望让家人，为他在嫩江基地和在青藏线上一样感到骄傲。

封　开

当你看到"封开"这两个字，脑子里会不会先想到的是"开封"，以为是作者把字写颠倒了？其实，从左往右念是封开，按古例从右往左念就是"开封"。无所谓颠倒与否。倘若口齿不清楚或大舌头，也容易将"封开"读成"分开"。它地处广东西北，确是由此将"两广"分开，是广东、广西的分界之地。

这就是岭南古郡——封开。而不是中原的开封。

或许可以称封开为"岭南第一古郡"，这里是岭南人最早的生息地。自汉武帝平定南越国后，封开便成为统辖岭南地区的首府。当然，历史上封开的名称变过多次，郡县本来就置废无常，这与中国的历史和文化相称。

比如中国自古留下来带"庆"字的地名只有两个：肇庆、德庆。德庆紧邻封开，现均属肇庆市管辖。而肇庆古称端州，是中国四大名砚之首"端砚"的产地，也是宋神宗第十一子端王赵佶的封地。阴差阳错，因宋哲宗无子，政和八年（1118年），"诸事皆能，为何独不能君耳"的赵佶，偏偏就红运当头被立为皇帝，成为宋徽宗。他大喜过望，便将好端端的端州给改了名字，并亲笔用他自创的"瘦金体"题写"肇庆府"——吉庆开始之地。

这自然是后话。整个岭南地区最早的经济文化中心之所以是封开，跟它的地理位置有很大关系。封开是岭南通往中原广大地区的交通枢纽，所谓丝绸之路也在封开进行海陆对接，是中原文化与岭南的交汇点。于是便成为"岭南土著文化发祥地和粤语的发源地"。

同时，封开又是珠江三角洲与大西南的交汇点，是岭南通向大西南的咽喉之地。封开不只有"回"字形古城堡，城北还有封门山，峰峦秀蔚，两崖如门。于是，封开被称为"两广门户"，也是广东、广西及广州"得名的来源"。

如此，封开自然成为中原文化向岭南传播的"最早受惠地"，加上自己的地域特点，逐渐成就了深厚的文化积淀，孕育了被尊为"岭南儒宗"的汉代大经学家陈钦、陈元父子，以及"中华传佛第一人"牟子、南汉开国皇帝刘岩等。中华开启科举考场后，岭南的第一个状元，就是17岁的封开人莫宣卿。他带着一方端砚进京，纵横捭阖，拔得头筹。

形成历史如此悠远而有趣的古郡，除去特定的地理位置，还有它独特的形貌。北回归线穿境而过，冬短夏长，气候温暖，水量丰沛。全国人均占有水资源2007立方米，而封开人均占有水资源竟达5842立方米，境内大小河流129条，碧水浩渺，映天辉日。

"封开"就得名于两条像模像样的河流："封溪水"和"开江"。而封开境内最大的河流，却是珠江的主干西江，流经两千余公里，从封开的西南部穿过，然后与东江、北江汇合后成为珠江。古郡境内的第二大河是贺江，斜贯封开中部，然后注入西江。两江之间便形成古老而肥沃的"河谷冲积平原"。肥沃到什么程度？夸张点说，插根稻草就能长出稻谷，插根木棍就能长成小树。肥沃是因为古老，称其为古老，是因为没有遭受太多现代化学品的污害，雨后田埂上还会有蚯蚓在爬。

写到这里预料肯定会有人撇嘴：田地里有蚯蚓在爬是什么稀罕事？这样说话的一定不是农民，过去有蚯蚓不稀罕，现在可是大稀罕。还在种地的人都知道，许多年来大量使用化肥和农药，田地已经板结，不知道有多少年见不到蚯蚓、蝼蛄之类的东西了。不信你听听往地上播撒的除草剂的名字："百草枯""见绿杀"……有一次我想挖蚯蚓做诱饵钓鱼，地头的农民说："人都快毒死了，哪来的蚯蚓！"不然中国是世界上最讲究养生的民族，平均寿命何以在全球排在86位？

其实古老的蚯蚓并不能证实土地的古老，土地的好坏也不取决于是否古老，而是看它的活力。其表象就是松软又肥沃。能形成这样的冲积平原，又是怎样的江河呢？

封开作为连接珠江三角洲和大西南的枢纽，自然交通便利。但进入古郡最美的路有两条，一条是水路，乘船由贺江溯流而上。水波荡荡，云烟轻浮，两岸凝黛拔翠，远望野气迷蒙，流水带着花香，山影压着碧波。封开号称"八山一水一分田"，但大多是丘陵低山，800米以上的青峰都分布在东部边界，乘船是由下往上看，山蔼苍苍，江依翠屏，"一峰才送一峰迎"，可尽兴享受野航的妙趣。

驾车由公路进入封开，则是由上往下看。江水悠悠，烟波缥缈，水色映山色，山色染清波。贺江多湾，一湾连一湾，一个半岛牵着一个半岛，一湾一个景致，一个半岛有一个半岛特殊的形状和植被：或云水交相辉映，或千峰倒影重重，或碧水绕芳甸，或江岫连天阔，或山岚冉冉，或水田澄鲜……俗称的贺江"碧道画廊"，集山、水、林、田、湖、湾、岛诸多风光于一体，直是凡间仙界，美不胜收。人们到此，眼睛不够用，相机不够用，往往是一湾还没有看够，却被催促着不得不移步下一湾。

在岭南，一般的青山绿水不足为奇，古郡封开有 16 个森林公园和一个湿地公园，其实大可不必这么细致地划分，封开除去水和庄稼地，其余都是森林，可谓"八林一水一分田"，整个封开就是一个森林公园和湿地公园。

或许因为它处于两广接合部，更幸运的是多年来远离浮躁，这也不能不归于历史的厚重，浮躁往往要躲避历史。因现代商品社会要不顾一切地赶新潮，追时尚。但古老的优势会像它的历史一样悠长而浑厚有力。

所以，当人们来到古郡封开，却有一种发现新大陆般的惊喜，纷纷站古城门上"封开"两个大字的下面拍照。没有到过封开的人，看到照片却张口就是："开封啊！"

一座城市和一个节日

北方人过惯了四季分明的日子，该冷的时候不冷，甚至该冷的时候热，该小热的时候大热，心里就会旱透了，感觉总是黏黏糊糊，精神处于无尽无休的温暾状态。于是每到冬季就羡慕东北人，从气象预报中一见到他们下雪就眼馋。

最会利用这种冰雪优势的当数有"冰城"之称的哈尔滨。自1963年的冬季起，就创办了"冰雪艺术节"，已历时半个多世纪了。世界上有不少名城都有一个著名的节日。如一年一度的"爱丁堡国际文化节"、里约热内卢狂欢节……节因城而兴，城因节而名。

冰，象征水的品骨。古人称冰为"脂膏"，多指美妇人的容颜。谓之"冰清玉润"。杜甫曾唱过："冰雪净聪明，雷霆走精锐。"如今，冰更是成为当世的紧缺物质，连北极的冰层都在一点点地融化……我渴望借哈尔滨之行被认真地冻一冻，在冰天雪地里摸爬滚打一番。哈尔滨，当初在满语里是指"晒网场"。但它给现代人的感觉却甚是响亮上口，从外表到骨子里都透着一股"洋"气。

我到达哈尔滨时还是黑蒙蒙的凌晨，却分明看见了一幅白光闪烁的冰莹图画。雪色明净，天空高爽，空气香冽纯明，吸一口清凉有劲道，肺腑立刻洁净通爽，精神为之一振。到宾馆放下行李，匆匆吃了点早饭就迫不及待地跑到太阳岛，投身于北国冰雪的大怀抱之中。江风猎猎，吹彻周身，雪干而脆，细如珠粉般地在脚下飞旋浮动。此时天空晴朗，充满阳光，清澈而凛冽。雪的特点就是广被大地，覆盖一切，大公无私，没有差别，万里雪皑皑，浩浩复浩浩。

冰雪重新设计了大自然的风貌，装点世界，遮掩了一切芜秽，天地一片洁净。空气酥脆，变得晶莹明亮起来。虽然冰封雪覆，却让人明显地感到大地充满生机。凝固不是窒息，是孕育，是积蓄。人也像其他一切有生命的东西一样，在冬季需要大雪的覆盖和滋润。雪深一尺，则入地一丈，东北的黑土地之所以格外肥沃，大概也跟每年冬季都要被大雪覆盖有关。雪是欢乐的温床，奇异而迷人，所有的人在雪地上都变成了孩子。大家都想在未被踩踏过的白雪上留下自己的脚印，都想摸一摸雪或将雪攥成雪球，最好是用雪球攻击别人，或是放进别人的衣领内……这是对纯洁的向往，还是人天性中的破坏欲？

同时，冰雪也让人萌生出许多奇思妙想，人人又都想对洁白无瑕的雪进行再创造，按照自己的想象堆成雪人，刻成雪雕，清绝幽香，神韵风流。在辽阔无垠的雪色衬托下，千奇百绝的雪雕作品皎洁多姿，纤尘不染，同阳光相辉映，熠熠耀眼。玉宇琼楼，成人间胜景。

哈尔滨的冰雪世界如一座庞大的艺术宫殿，有灵机一动的点缀，有神来之笔的妙构，有单件小品，有鸿篇巨制，有铺垫，有主题，有回旋，有高潮……由小及大，由近到远，层层推开，波澜壮阔。我置身于太阳岛的雪雕园中，眼界大开，慰藉了许多年来对大雪的渴望，似乎得到了极大的满足。却不想也调动起对冰雪世界的更大贪婪，或许人的天性中对象征着纯明坚硬的冰雪会越看越看不够，越亲近就越喜欢。看完太阳岛的雪雕艺术博览会，竟又驱车二百公里去亚布力看滑雪场；看完了兆麟公园的冰灯，又去看松花江北岸的冰雪大世界……一步步地走向哈尔滨冰雪节的高潮。

天乍黑，松花江如一条白练静静地舒展开来。南边是灯火通明的哈尔滨城，北面是光彩璀璨的冰雪大世界。玉城瑶砌，雕梁画栋，亦虚亦实，若梦若幻……令人惊叹不已，想象力受到强烈的震摄。人们常用仙境来比喻自己向往的地方，这儿就是人间仙境。宫殿嵯峨，楼阁层叠，水晶亭榭，翠娇红冶，两旁雪山护卫，背后长城巍峨。鲜冰玉凝，素雪珠丽，清虚透亮，光摇万象，轮红光里霓裳舞，寒气朦胧妙庄严……冰雪使人们欢乐，长空卷花，香薰笑语，头上明月交辉，脚下玉碎珠跳。情为景催，气势不输杨万里："银色三千界，瑶林一万重"……

冰雪为天地灵气之所钟，将哈尔滨变为童话，冰城又将童话变为现实。哈尔滨成了中国冬天里的童话，是全国的冰雪主题公园！冰雪塑造了哈尔滨，哈尔滨用冰雪塑造了自己城市的理想。在当今这样一个务实的竞争激烈的商品时代，能走进童话般的冰雪世界，"净心抱冰雪"，享受奇异的晶莹和宁静，感受大自然纯洁坚定的力量，倍增清爽。仿佛从里到外彻底消了一次毒，激活了体内潜藏的生命力！

难怪这冰雪世界里万头攒动，摩肩接踵。哈尔滨就是中国冬季的"主题公园"。人们从世界各地拥到这里来，什么肤色的都有，操什么语言的都有，这里的冰雪构成了名副其实的"大世界"！更令我惊异的是，刚踏进冰雪大世界时感到空气清凛，寒光万里，渐渐地因被冰雪景观所吸引而忽略了寒冷。"大世界"里冰雪作品太多，想要仔细地都看过来，恐怕至少需要三天时间。我目不暇接，在里面流连忘返，待的时间一长反而从心里生出一股热力，觉得脚下的雪地变得如阳春般地温暖起来……

这使奇异的冰雪世界越加神奇。我来冰城是寻求冰雪，渴望寒冷，想不到体验了冰雪的温暖，冷的热力。冷可以是热，热也可以是冷。哈尔滨借助冰雪很好地保护了城市的自然命脉，热力发散，成了冬季一座北方最著名的"热城"！

豪华的野趣

横琴，珠海的"曼哈顿"。

其金融中心区，楼群摩天，灯光璀璨，是金玉满堂的地方。向北一步之遥，沿包围着横琴岛的水道岸边，有一条十多公里长的"花海长廊"。海峡的岸上有"花海"，已是奇观，更奇的是"花海"中的花，据传大多竟来自南美洲。

这是7500余株"异木棉"，混杂于花海的凤凰木之中。时至深冬，竟花繁叶稀，千朵万朵缀满枝头，浪红杂狂紫，初粉映嫩白，五彩绚丽，冷香浮动。或灼灼似火，或浓郁生烟，或迎风含笑，或婆娑欲舞……霞艳艳，姿媚媚，连天扑地，摇曳荡神，极尽妖妍。

且带着一种野性的浓郁，令人不能不联想到拉丁舞中的桑巴，热烈，奔放，性感。一阵海风吹过，花雨缤纷，落地生香，为林中小径铺上花瓣的地毯。令游人不忍抬脚动步。

异木棉的树干更是别具异域风情，粗者一抱，细则一掐，棵棵状如弥勒佛肚，中间浑圆粗壮，上下两端渐细。矮者几米，高者十几米，如铜浇铁铸。顶端插满奇花异朵，独特而招摇，令人忍俊不禁。

这种原生于南美大陆、喜欢湿热的奇树，在横琴岛上竟自长得如此昂扬、茂盛，足见已适应了这里的环境。不知它们是第一代"移民"，还是第二、三代？能适应珠海的气候不奇怪，适应了横琴的土壤，就是它们的大福气了！

横琴四面环海，地下深处，自然也浸泡在著名的"珠海咸淡水"中。花海中的有些异木棉，显然还没有完全适应这种咸淡水，根须不往深处扎，粗粗细细拱出地面，在树下如盘龙卧蛇般形成庞大的网系。而更多的高大异木棉，树底下反而干干净净，或有苔有草，或落满花瓣，其根须显然已经深入地下，能饱吸珠海咸淡水的营养，木性条达，随遇而安。

培根说，"首先服从自然，然后征服自然"。他指的是人对自然。倒过来，自然对人，又何尝不是如此。可以说是南美的异木棉被人为地移栽到珠海，适应了这里的水土，也可以说是珠海的咸淡水征服了南美异木棉。

其实，这种征服无处不在。

就在横琴花海长廊的外侧，沿海峡岸边，长着一蓬蓬茁壮的江苇，根根都有成人的手指般粗，齐刷刷仅露出海面的部分就有一丈多高，像一段段高墙，护卫着花海长廊。海上风波摇动，江苇却摆腰不低头，灰白的飒飒芦花是它的旗帜，迎风昂扬，筋骨峻嶒。

江苇——顾名思义，是生长在江河湖泊中的芦苇，又称芦竹。而花海边的野生江苇，却生长在海道的边上，平时以咸为主，雨季咸淡水混杂。而横琴岛的"琴音"就是水声，"晴天十步一瀑布，雨时处处有瀑布"，可想而知其淡水像海水一样丰沛。

隆冬季节，北方生长在淡水中的江苇，早已干枯。横琴海边的江苇除去芦花渐白，苇秆、苇叶还一片翠绿，可见生命力之强盛。当然，跟咸淡水的营养丰富也不无关系。江苇的野趣，衬着花海的烂漫和海面上如练的波光，可以想象，珠海人，特别是在寸土寸金、气象雄豪的横琴打拼的人，何其幸运！

出大厦走几步路，便进入花天花地的花海，该是怎样的清爽，怎样的愉悦，心变得柔软、妥帖，甚或身心迷醉、神采飞扬。

花海长廊，为原本就是"百步万棵树，块块奇石皆是景"的横琴乃至珠海，锦上添花。这一切得益于珠海多"门"：斗门、鸡啼门、磨刀门、十字门……珠海地处珠江下梢，水系发达，每一个门都是一个出海口，涨潮时海水漫溢，退潮时江水汹涌，雨季淡水占上风，冬天咸淡平和。因此，连从咸淡水中打捞出来的珠海水产品，都格外鲜美，味道奇佳。

但，珠海咸淡水的优势，并不仅仅体现在异木棉、江苇和水产品的生长上。世界上第一个单细胞生物，诞生于海洋。而人类文明，却发端于"两河领域"……这是巧合，还是自然大道？地球上的所有生命，无不依赖咸淡水的转化，海水蒸发变成雨雪，雨积雪化注入江河，流进大海。

水是生命之源，是财富之源，也是能量之源。"五湖四海"，就是咸淡水的总称。

江河入海，是咸淡水的融合。咸淡水是一个国家和民族繁荣强盛的重要条件，地球上发达的和像模像样的国家，都拥有咸淡两种水。

珠海，一手牵着珠江，一手牵着大海，是珠江的明珠，也是大海的宝珠。其闪闪珠光，为珠江增辉，也照亮大海。

万事何如荔枝红

仿佛是对新冠疫情中的人类的一种慰藉，2020年是荔枝"大年"。

何见其"大"？登上广东萝岗的牛首山山顶，俯瞰漫山遍野的荔枝林，一片片翠绿、浓绿，挤成一团团瓷实的绿疙瘩，像一个个巨大的脸朝上的西蓝花。无涯无际的绿海中，浮荡着密密麻麻的珍珠般的红色颗粒，恰似"朱弹星丸粲日光"——这就是已经成熟的名为"桂味"的荔枝。

然后，漫步进入荔枝林，却是另一种景象。荔枝大异于其他果树，诸如苹果、梨之类，为了便于人类采摘果实，树枝向四外七扭八拐，不往高处生长。而荔枝树，为了争夺阳光，自然而随意地向高空伸展，一般的成年荔树都在10米高左右，百年荔枝可长到14米，树龄500年以上的古荔高达16米，相当5层楼房的高度，其树冠也在50平方米左右。而且一棵树一个形状，每棵荔枝树都形成自己的一方小天地。

荔枝林深处，却并非像在高空鸟瞰那样密不透风，荔枝累累垂挂，一层又一层，拉开了荔树的枝叶，使荔枝林里阳光缕缕，清风习习。

清澈的山涧水，自上而下，迂回曲折，时缓时急，给荔枝林增添了一种清凉洁净的韵致。采摘荔枝的人，将保险绳系在一根较结实的树枝上，然后爬上顶端，像高空飞人般地在晃晃悠悠的树梢上、将一挂挂结满荔枝的小枝剪下来，装进挂在树上的竹筐里，然后一筐筐地用绳子吊下去。荔枝是高贵之果，从采剪到装筐、装箱、装车，无不小心翼翼。外地的大客户，每天单是从萝岗就要买走七八万斤。

所以，水果的"大年""小年"，最终还是要到市场上去看。今年的市场上，连卖菜的旁边都摆着一筐荔枝，价格也比往年便宜不少，普通百姓以往只能"尝鲜"，点到为止。今年则可以大吃，如果有苏东坡那般好胃口，也不妨一天吃它三百颗……任何水果都有人爱吃，有人不爱吃，却没有听说有人不爱吃荔枝。天下人都道荔枝好吃，却又有多少人真正了解荔枝？

鲜有第二种水果具备荔枝这样的文化品相。

它首先是历史之果，广州市建城2000年，荔枝的栽培历史也是2000多年，萝峰寺至今还生长着一株1300年的古荔，大多数年份还能硕果累累。《西京杂记》载，南越王赵佗，年年都要向汉朝天子进贡荔枝。《后汉书》中说："旧南海献龙眼、荔枝，十里一置，五里一堠，奔腾阻险，死者继路。"可谓前赴后继送荔枝，如苏轼所言，"惊尘溅血流千载"。汉武帝不想这么麻烦，干脆在长安修建了"扶荔宫"，将一百株荔枝树移栽至皇宫庭院，最终竟连一株也没有成活。

后来的唐玄宗、杨贵妃使荔枝的声名大振，"年年驿使走红尘，贡入骊宫色尚新"；"不须更待妃子笑，风骨自是倾城姝"。据传是身为广东高州人的高力士，向唐玄宗和杨贵妃推荐了这种他家乡的特产。清代两广总督阮元，在其《岭南荔枝词》中肯定了这一说："新歌初谱荔枝香，岂独杨妃带笑尝。应是殿前高力士，最将风味念家乡。"不想这个在民间传说中被李白戏弄、却又被后人称为"千古贤宦第一人"的高力士，竟是历史上推销荔枝的大功臣。

荔枝在古代即是贡品，就连王公大臣也难得能吃上。另一个广东人张九龄，贵为唐朝开元名相，一边吟诵"海上生明月，天涯共此时"，一边写《荔枝赋》聊以解馋："百果之中，无一可比。"至宋代，苏东坡被贬谪到惠州，因祸得福吃上了这种岭南佳果，他至少写了三四首关于荔枝的诗，最终成就了荔枝的文化品位。

按照西哲"历史就是文化史"的观点，荔枝可称得上是"文化之果"，令现代人心生敬畏。一个明显的例子就是现代文人很少敢写荔枝，因为自知写不过司马相如、杜牧、白居易、苏东坡等古代文学巨人。然而现在卖荔枝的和吃荔枝的，却张口就是："一骑红尘妃子笑，无人知是荔枝来"；"日啖荔枝三百颗，不辞长做岭南人"……荔枝本身已经成为一种文化符号。

甚至，"荔枝"的名字就是诗，其品种很多，如："水晶丸"（俗称"糯米糍"）"甘露落来鸡子大，晓风冻作水晶团"（宋·杨万里）。"十八娘""宋家香"，"碧桃争比得，鹤顶真珠液，好在宋家香，刚逢十八娘"（清·顾贞观）。以及桂花香味馥郁的"桂味"，肉质滑软、清甜多汁的"秀玉"，成熟后红紫相间、缝合处一条绿线直贯到底的名贵品种"挂绿"，果皮鲜红、果肩隆起、果肉厚实的"双肩朱砂红"，极其稀少的"水西碧玉""雪怀子"……

岭南民谚："天下荔枝在广东，广东珍品在萝岗。"被誉为荔枝中"三宝"的"水晶丸""桂味""挂绿"以及被尊为"荔枝皇后"的"水西碧玉"，皆在萝岗。

为什么是萝岗？

萝岗在广州东北方，隶属黄埔区，境内确实有"岗"。萝岗之"岗"，南北狭长，北高而南低，渐次由三种地貌构成：高丘陵、低丘陵台地及河涌与滨江冲积平原。山丘表层为砖红壤潮土，有机物质丰富，土层深厚肥沃，呈弱酸性，天生就是供荔枝生长的优质土壤。加上全年气温较高，雨量丰沛，就像当地百姓所说，"插根木棍就发芽"。

这里有一座荔枝山，还有一个"果村乡"——果在前，村次之，乡最后。以果为上，明摆着是以荔枝为主，不管是村委会也好，乡政府也好，都排在后面为荔枝服务。还有的村子，是一个巨大的圆圈，圆圈中间是茂密的荔枝园，这叫人跟着荔枝走，为守护荔枝而建房居住，形成村落。还有的村子，是荔枝跟着人走，比如建于明代的水西村，四周都是荔枝林，计有1500余亩，光是古荔枝树就有12000多棵。村里老人讲，有些古荔的树龄可能在六七百年以上。自古来村里人与荔枝相依为命，数百年前的荔枝树至今不改其味，甚至越来味道越醇，真是福荫后人。其中一株400年古荔，每年结果千斤左右，且一半是被誉为"岭南第一荔枝珍品"的"水晶丸"，一半是"桂味"，至为神奇。

走进这样的地方，就像进入荔枝的博览园，或者说是进入荔枝的原始森林。萝岗有百年以上的荔枝林3万多亩，其中半数以上的树龄在300年以上，树龄500年以上的27株，这些经历了数百年风雨的古荔，至今仍硕果累累，皆属于"红壳大果品系"，肉厚核细。即便在岭南也极为罕见。这当然跟萝岗原生态的综合自然环境有关。

荔枝的神奇还不止这些，司马相如在《上林赋》中将荔枝写成"离支"。而白居易在《荔枝图序》中这样解释"离支"的含义：荔果离枝之后，其变甚速，"一日而色变，二日而香变，三日而味变，四五日外而色香味尽去矣"。所以采摘荔枝时不是直接摘果，而是连带着一段树枝一同剪下，让果不离枝。荔枝的成熟也不是渐渐变红，而是一夜暴红。所以古代帝王为了吃到新鲜的荔枝，怎么能不"累死千骑"。

——这可能也是荔枝之所以格外珍贵的一个原因。

植物学家蒲垫龙曾说："古荔枝是岭南至宝，倾家荡产也要保护好"。

现在如果有几棵古荔枝树，却不是"倾家荡产"的问题，而是"发家致富"了。商品社会，经济文化发达，文化之果荔枝已成"金果"，含金量极高。

世上的食品无非两类，一类让人生存，另一类是为了快乐。古代只用荔枝哄着帝王和他们的妃子笑，自然是赔本的买卖。而现代人大多生存无虞，快乐倒成了问题，荔枝恰恰是给人们带来快乐的妙品，能不先尝为快！

如今的荔枝既是奢侈品，又是大众鲜果；既高级，又普通，饶是"人见人爱"。特别是在当下，人们对食品安全的担心已经到了杯弓蛇影的地步，而萝岗又获得了"国际无公害产地的认证"，每到荔枝成熟期，采购者从四面八方蜂拥而至，每年外销可达数千万斤，进账也以数千万元计，谁还会忧虑因种荔枝而"倾家荡产"呢？

荔枝是幸运之果，融入经典诗词，随着中国的传统文化而不朽。它的品质与特点，又注定永远是人们向往的美食，而任何时代的任何人，最诚实的爱是对食品的爱。故先贤劝道："富人在高兴的时候多吃，贫穷者在能吃的时候多吃"。

——能不感谢荔枝？

树的咏叹

    1982 年秋，我应邀赴美国参加第一次中美作家会议，回国后写的第一篇文章是《美国的草》，发表在《天津文学》上。许多朋友感到意外，我自己也觉得奇怪，从西部到东部在美国一个多月，受到的冲击最强烈、感受最深，自然也是最想表达的，为什么不是帝国大厦、好莱坞，以及美国现代科技的诸多成就和灯红酒绿，而是美国的绿色、庄稼地和大树？

    草和庄稼地已经写得太多了，现在单说树。加州国家中心大盆地内的狐尾松，在《圣经》里称其为"玛士撒拉树"，是最长寿的树。内华达山脉斯纳克岭有 3000 年的巨杉，最高的可达 100 米，是世界上体积最大的树。

    然而，这不足为奇，后来我到陕西拜谒黄帝陵，见到了被尊为"群柏之冠"的"黄帝手植柏"，这株古柏树龄已有 5000 余年，胸围 11 米，直径 3.5 米，高可凌霄。令人肃然起敬，惊叹不已。

    黄帝陵坐落于黄陵县桥山之巅，山体浑厚，气势巍峨，山上有柏树 80000 余株，千年以上的古柏约 3000 株。

人们为什么对树感兴趣，尤其崇敬古树？

按进化论的观点，人类是从树上掉下来的。地球大陆板块漂移，被森林抛弃的猴子，逐渐进化为人。所以没有人对树不感到亲近，尤其的大树、古树。许多地方拜老树为神，在树干上披红挂彩，在树下烧香上供，许愿还愿。

近几十年，我走访了许多古村落，特别羡慕那些有着几百年乃至过千年老树的村子。古树常常就是一村人的祠堂，是护佑和寄托全村人灵魂的地方。树多，特别是古木茂盛的村庄，大都瓜瓞绵绵，烟火稠密。

2023 年初夏，应《香港商报》之约，采访宜春，再一次印证了我上述的感觉。明月山洪江镇西北部，一个还保持着原生态风貌的小小古村，名为"南惹"。全村只有 18 户，村民却有 80 人，将近全国每户平均人口的两倍。

南惹村面积 6000 亩，耕地只有 90 亩，森林则占去 5000 亩。古老的原始阔叶林及各种珍惜古木深藏其中，包括 83 株林业局挂牌明令保护的珍贵古树。如：有"千枞万杉，当不得红榧一枝桠"之誉的巨大红榧树，其富含紫杉醇，可提炼抗癌药物。还有同样药物价值极高的厚朴树、灵气四溢的古樟树……

在我的记忆里，北方樟树极其稀罕，富裕的人家才会有樟木箱子，防虫、防潮，只存放贵重的衣服和字画，是可以传世的东西。我走访了宜春四五个县市，到处都有樟树，甚至还有个以此树命名的城市叫"樟树市"，盛产中药材，被称作"药都"。

明初大才子解缙，还留下关于樟树的一段佳话。他乘舟路过临江古镇，恰当艳阳高照，风和日丽，看见河边一株大樟树，连同樟树上的鸟都倒映水中，清晰而生动。他灵气袭来，随口吟出："樟树临江，鱼飞树梢鸟冲波"……吟出上联却再也想不出下联。至今数百年过去了，勉强凑出下联的人不少，均不尽如人意。

在宜丰县，我品尝了用350年老樟树上的果子做的冰凉粉，进口爽滑，入心沁凉。

话题再回到南惹村，除去上面提到那些古树，村里还有古柏、南方红豆杉、鸡爪槭树等贵重树木，在村口巍巍然傲立着一株千年银杏，长枝入霄汉，树冠如华盖，是古村的旗帜，树下是广场。村里的庆典、聚会、娱乐，村民休息、聊天，孩子们嬉戏、玩耍，都在这棵古银杏树下。

古树养人，其体量巨大，更善于从大气中吸收碳。调节风水，呵护着南惹古村。

温汤镇的夏家坊，全村180户，却有近千人，人丁兴旺，烟火更盛。在人们为"村空地荒"现象忧心忡忡的当下，显得尤为突出。夏家坊的夏家祠堂，又称"会稽堂"，大门两侧有副长联，其中一联云："望荔街十里驰来天马迎门南岳晓钟而后古槐树下"。

村人都认为古村夏家坊得以千年繁盛，是托古槐树的福。那棵远近闻名的古槐树，是夏家好风水的标志，所以村里才出了个夏云姑，成为宋孝宗的皇后。力主为岳飞平反，与金兵决战到底，被载入《宋史·后妃传》。

至今，临近的吉安半个县、几十万人，都是夏家后代。还有江右民系聚居的天宝村，已有1800年的历史，横阶古树，曲巷高祠……

在宜春，这样的古村落太多了。古地生古树，古树护古村，生生不息。代表了华夏民族在底层的生命力。

所有土地都是地球的一部分，跟地球一样古老。是人类把古地折腾成沙漠、板结地、化肥地……古树是活的历史，也修正历史和人类的错误。

走遍宜春古村落，就觉得这里从来没有发生过砍树炼钢铁、"破四旧"拆祠堂……历史谬误。宜居、宜人的地方，自然宜生——宜于树木生长。

寻找西北风

古谚称世间万物中有九种至宝:"天有三宝日、月、星,地有三宝水、火、风,人有三宝精、气、神。"这九种宝贝不是各自孤立的存在,相互关联和依赖。

比如今年刚入冬,京津冀雾霾肆虐,偏偏又缺少冬天最不该缺少的"风",以至于20多天见不到日月星,人的精气神自然也大打折扣,经济损失和对健康的损害姑且不论。我一直奇怪,过去一到冬天人们都怕寒潮,怕西北风,寒潮却一个接一个,几乎天天是大西北风。

我曾在城市的北郊上班,那时年轻力壮都从心里犯怵,早晨顶着大风要蹬上两小时,每天赶到车间后贴身的衣裤全湿透了。如今天气稍一转凉,浓雾重霾就汹涌而来,弥漫天地,于是人们像过去干旱求雨一样天天祈盼西北风,祈盼寒潮。西北风却变得金贵无比,架子极大,或者偶尔来一点,软弱无力,根本奈何不了嚣张而又死缠烂打的雾霾;或者像抽风一样突然大冷一下,但来去匆匆,不能持续。那种连续刮上好多天的"大西北冽子",更是多年见不到了。于是半年前我参与了一次"寻找西北风"的旅行……

那是盛夏末伏，闷热难挨，不仅通身是黏的，连呼吸都是黏的。以前当人们热得快受不住了，就会下点雨、刮阵风，如同农村闹几年灾老天爷便会给个好年成一样，总得让人能活下去。如今却整个伏天无风无雨，人就难熬了。惹不起躲得起，搭朋友的便车直奔自古有"风都"之称的乌兰察布，去寻找清风。这位朋友1957年被打成"右派"后，在乌盟（现在改为市）待了18年，在车上我向他请教，中国有煤都、钢都、镍都等等，俱是盛产一种实实在在的东西，风这种东西没有根、没有形，想来挡不住，想走留不得，怎么也会有个"都"？

朋友反问，谁说风没有根？乌兰察布的风就有根，过去一年到头就刮一场风，从初一早晨刮到大年三十夜里。这到乌市找风是来对了，乌兰察布虽然处于内蒙古的中心，却是北京、天津的上风头。果然，车一进乌市境地，身上顿觉清爽，喘气都痛快了，车窗外的景色也越来越好看，地是绿的，山是青的，天则一会儿阴，一会儿晴，有块云彩就下阵雨，把全车人的心情都冲洗得洁净舒朗起来。

以后在乌兰察布的几天里，气候大抵是这个样子，清凉自不必说，但狂风、大风也极少，"风是雨的头"，大多是说风就是雨的好风。农谚云："晚上下雨白天晴，打的粮食没处盛！"有这样的气候乌兰察布自然也是林木青翠，草场繁茂。大自然的喜怒无常、厚此薄彼着实令人费解，南方多雨自不必说，北部竟也风调雨顺，为什么唯独华北这块中间地段缺风少雨、干旱酷热？

几天后我们投身大草原，特别是辉腾格勒（"寒冷的山梁"），位于北纬17度，方圆700平方公里，是世界上仅有的两块"高山草地"中最大的一块，另一块在加拿大。置身草地，最引人注目的景观却不是杂草和各色野花，而是发电用的高大风扇，像巨型的三瓣魔花，开遍漫山遍野。风小小转，风大大转，狂风飞转，草原上空如同布满了极速旋转的大刀片。

我一下子理解了气象学家的一个观点，"风力发电偷走了中国的西北风"。其实不是"偷"，是抢，是扣留，或者叫噬毁了西北风。不管是什么样的飓风，即便是龙卷风，其力量全在一个"卷"字上，形成了团，拧成了旋儿，才可摧枯拉朽，横扫一切。然而无论多么强烈的风，一刮到这儿即刻就被切碎了，打软了，变成零散的风丝，力道顿时消解。

乌兰察布就是这样把自生的和路过的所有大风，全留在了此地，把过去一年到头刮不完的一场大风，零刀碎剐地变成了一阵又一阵的"和风细雨"。自然也不会产生什么"蝴蝶效应"，因为连鸟都没有，无数飞旋的风刀霸占了天空，所有能飞的禽类都躲得无影无踪了。

乌兰察布如此，内蒙古其他地方也如此，新疆更是如此，在整个中国的上风头竖起了一道道、一层层的风电网，处于下风头的地方，也就只能捡一点被用过的、疲软的漏网、碎风。现代人抢水、抢地、抢太空（天）……如今又开始抢风了。

江门大开

江门，是城，却称门。

城以门兴，皆因其门大开。不只是为了接纳，更是为了"出去"。江门人的出去，开创了一种源乎其多、浩乎其大的文化现象——中国有了一个"侨都"。

江门别称"五邑"（即所辖新会、台山、开平、恩平、鹤山等五县）。19世纪中叶，美国、加拿大以及澳大利亚涌现淘金热，于是江门五邑地区竟掀起奔赴"金山"的移民潮。当时一张赴美洲的通仓船票是120元，在当地可买12亩地。无钱无地的要先卖身，卖身还有条件，赤身裸体、不吃不喝在烈阳下暴晒四小时，经得住这种考验的棒小伙子，买家才肯出钱，到海外要以工抵账。江门的许多青年人就是这样以生命碰撞命运。

于是，江门开风气之先，成为最早向海外移民的地区之一。时也，势也，势已成，无人能逆。随后不只是去美洲、大洋洲，更近一点是"下南洋"。有些卖身出去的人确是做了奴隶，甚至带着能走不能跑的脚镣在马来西亚的橡胶林或甘蔗田里劳作，有的要做满 8 年才能获得自由。但大多数华侨，在海外站稳脚跟后就开始往家里寄钱，因华侨众多，随之创造了一种亘古未见的流通方式："侨批"。

一张巴掌大的稍硬一点的纸片，一面是汇票，写明钱数和收款人的地址、姓名，背面是游子写给国内家人的书信。"侨批"到了江门，由专门人员背着编制细密的大竹筐，跑遍五邑，挨家挨户地派送。那圆形竹筐，一人抱不过来，高过半米，要用这么大的竹筐装"侨批"，可想而知五邑之地华侨之多，寄回的钱的总量自然也不在少数。这些钱不仅改变了许多家庭的命运，甚至成为"五邑侨乡的经济命脉"。

华侨之心，系于家乡，在海外挣了小钱的往家里寄，挣了大钱的，回乡办大事。旅美华侨陈宜禧，修建了中国第一条自主投资、自主创建、自主经营管理的民办铁路，自台山（古称新宁）至江门北街，全长 133 公里，45 个站，名为"新宁铁路"。于 1909 年通车，连接台山腹地，贯通粤东要镇，不仅便利五邑百姓，也促使江门贸易空前繁荣。江门海关进出口业务大幅增长，并与海外社会形成了紧密的人流、资金流、物流以及信息流的联系网络。到清末民初，江门独特的侨乡社会已然成形，被称"中国第一侨乡"。

还有一种发了财的江门人，回家乡置地建楼，即所谓"碉楼"，兼具碉堡和居住双重功能，矮的四层，高的六层，楼顶建有坚实的女儿墙，墙角墙中辟有枪眼、炮口。楼与楼相距甚远，为保证每栋楼都视野开阔，楼与楼又可相互配合、共同御敌。当时侨乡富户的共同敌人，就是土匪、强盗，这些匪类知道华侨大户有钱。旅美华侨谢维立，依照《红楼梦》中对大观园的描述，建造了巨大的"立园"，取意"立树立人"。集传统园艺、西洋建筑、江南水乡为一体，别墅区一排六幢独楼，他有五个儿子，一人一幢，另一幢是孩子们读书的"教学楼"。中心区是一幢巨大的古式碉楼，高却只有三层半，名为"泮立楼"，以纪念园主的父亲谢圣泮。旁边不远处是以他的乳名命名的"毓培别墅"，四层分别仿效中国古式、日本寝式、意大利藏式、罗马宫式……

立园内古木奇树，名花异草，楼台亭榭，小桥流水，有曲径回廊将全园建筑连成一体。立园的正门前是"本立道生"的大牌坊，牌坊两侧是数十米高、用精钢打制成的打虎鞭，因立园隔着运河遥对虎山。此运河是谢维立为建园而开凿的，直通谭江，谭江入南海。平时像故宫的护城河一样是景观，也起到护园的作用，遇到紧急情况，立园各楼的下面有暗道相通，全家人可通过暗道到达运河码头，登舟远遁。

日本侵华，强占立园，将里面的无数珍宝和藏品洗劫一空，留下完整而瑰玮的建筑，仍被列入"世界文化遗产"。每年向数百万来参观人述说着五邑侨乡的历史和现实。

华侨是一种活法，更是一种文化，甚至可以说是世界性的文化现象。19世纪下半叶，华侨在美国旧金山创建了世界第一个"唐人街"，以"三把刀"：杂货、中药、中餐享誉全美。很快纽约等大城市也开始仿效，直至拓展到欧洲一些城市……

华侨并非只往家寄钱、回乡修路、建楼，也为所在的国家立下不世之功。1862年，美国国会通过决议，要修建横贯美国中西部的"大陆铁路"，全长2489公里。负责承建西段的中央太平洋铁路公司，招聘的筑路工人大多为华侨，其中大部分是"五邑华人"，他们有个极其著名的特点，异常齐心！铁路需穿过内华达山脉，是全线最为艰难的工程，华工用特有的智慧和勤劳，将工程原计划的14年缩短为7年，费用却节省了三分之二。美国在铁道的路基旁，特为华工立了一块纪念牌，记录了"华工12小时铺轨10公里的奇迹"。

由此华侨渐渐地变为"华人"。这不是简单的名称的改变，而是由侨居美国的外来者，变为美国社会的组成部分。后来有不少华人子弟加入美国军队，到欧洲参加第一次世界大战，有牺牲的，也有立功授勋的。更有人成为美国英雄，乃至世界名人。祖籍江门恩平的冯如，1907年在旧金山东部的奥克兰创建飞机制造厂，1909年他制造的飞机试飞成功，轰动一时。其后他便将工厂更名为"广东飞行器制造厂"，两年后率领工厂的主要技术人员带着重要机器设备回国，成为中国飞机设计、制造和飞行的第一人。

华侨的拳拳之心，甚至感动战乱频仍的世界。江门新会的郑潮炯，少小下南洋谋生，平时以摆摊卖小食品度日。1937年国内爆发全面抗战，他收摊改背个大布口袋，到南洋各埠义卖瓜子，所得义款18余万元，全部捐给国内的抗日战争。郑潮炯只是一个代表，以心齐闻名于海外的五邑侨民，有钱的出钱、有力的出力，当时成为一种风气。一些在国外受过训练的华侨，干脆直接回国参加中国空军，著名的飞虎队中的空勤大队，大半为江门籍的华侨。

旅美华侨中最具传奇性的人物，当数司徒美棠。江门开平人，少时读私塾，也习武，成年后练就一身好功夫，一刀一棍可令六七个汉子不得近身。1880年初春赴美，在三藩市（旧金山）会仙楼餐馆打工，某天有一白人流氓来吃"霸王餐"，大吃大喝后不付账还狐假虎威、骄横欺人。司徒秉性抗直，看不下去便出头想教训一下那小子，不想现场群情激愤，叫好助威，加上对方反抗剧烈，他一时没有拿捏好分寸，三拳两脚竟将那流氓给打死了。

刚到美国便惹下人命官司，幸好整个华人社会行动起来，联名上书和到警察局陈述事情经过，为司徒求情。他"一战成名"，在美国监狱只关了十个月就放出来了，出狱后加入"洪门致公党"。洪门宗旨极其直白："忠心义气，团结互助。"后来司徒成为这个组织的老大："洪门大佬"，其实就是美洲的华侨领袖。他在这个位子上一坐就是40年，其间多次为孙中山捐款，两人相交甚厚。后来孙中山曾邀司徒回国，担任"监印官"，他以"不会做官"为由谢绝。富兰克林·罗斯福，在出任美国总统之前，就是洪门的法律顾问，据传他和司徒按中国习俗还结拜为兄弟。可见洪门在美国的影响力之大。

1894年，司徒美棠在波士顿的洪门内另辟一个系统，成立"安良堂"，开宗明义打出了"锄强扶弱，除暴安良"的旗帜。很快在全美31个城市都有了安良堂分部，据称有弟兄30万人。抗日战争爆发，司徒美棠在纽约成立"华侨抗日救国筹饷总会"，几年间为国内抗日战争捐款330万美元，其中大半为安良堂所捐。

司徒美棠不只勇力绝人，且眼界开阔，性格不扭曲、不纠结，想叫别人干的事自己带头干。蒋介石曾请他回国就职，他也婉言拒绝。1949年9月，毛泽东邀他回来参加开国大典，他却一口应承，当年十月一日登上天安门城楼，跟毛泽东站在一起。后被选为中央政府委员、中华侨务委员会委员……

在海外漂泊一生，也称得上是波澜壮阔，最终叶落归根。87岁时突发脑出血，在北京谢世。国务院总理周恩来亲自主持公祭大会，灵前摆放着毛泽东、朱德、刘少奇等国家首脑送的花圈。可谓倍极哀荣，一生功德圆满。

怀念骡子

我是为了要看一块为一头骡子立的碑，才上白石山的。在中国的诸多名山中，也只有白石山才有这样一块骡碑。"千金一骨死乃知，生前谁解惜良苦"。

最早白石山没有路，第一条路是怎么开出来的？一个聪明人赶着一头骡子上山，让骡子随意走，骡子凭着它的天性走出的路，就是最近便、最安全好走的道。

骡子既然为人类踩出了一条路，也就活该它受累。要修筑这条路所需的石材、水泥、木料、铁件等等，都要靠它驮上山去。而且无须人牵着，人在山下给它背上加满载，骡知人意，便自会负重上山。到山上有人将它背上的东西卸下来，它又自己返回。驮上东西再度上山，一天不知要山上山下地往返多少次。

开发一座大山谈何容易，后来骡子累得看见石头就跑。但，你只要把石头放到它的背上，它就开始顺着山道往上走，你不让它停下歇一会儿，它就一直走，直到累死也不会停脚。常被称赞为"千里马""老黄牛"的马和牛，则没有累死的，它们一累就不走了。

动物世界里能活活被累死的，只有骡子。

老祖宗在创造这个"骡"字的时候，似乎就决定了骡子的性格和命运，或者老祖宗是根据骡子的性格和命运才创造了"骡"这个字，它就是受"累"的马。自然要干比马和驴更累的活儿。

《齐民要术》载："驴覆马，生骡则难。常以马覆驴，所生骡者，形容壮大，弥复胜马（北方的骡子也多是公马和母驴交配而生的，反比驴和马的力气更大）。然必选七、八岁草驴，骨目正大者。母长则受驹，父大则子壮。草骡子产，产无不死。养草骡，常须防，勿令杂群也。"

其实，公驴和母马交配生的骡子，只是不似前者"形容壮大"，在农村也是宝。但一般有母马者，多不想让公驴配，都想找"白马王子"。骡子本身则不能生殖，即使母骡怀孕，也必难产而死。原因很简单，骡子不具备这项繁衍后代的功能。

开发白石山的这头骡子，每天从早到晚，山上山下不断地往返，蹄如跨铁，憨走哧哧，不知道歇脚，不知道偷懒，直到活活累死。开山的人感念这头骡子，就在它累死的地方为它修了个坟，立了这块碑。

我之所以对白石山的"骡碑"感兴趣，是因为我对骡子也有一种特殊的感情。当年我家就有一头大青骡子，小小年纪我也能感觉得出父亲和大哥对那头骡子的钟爱，每当下地或要干重活前，大哥总会给骡子加小灶，抓一把黑豆放到它嘴边，看着它香甜地咀嚼，轻抚它的脸，梳理着它光滑的皮毛。干重活、驮重东西都是大青骡子的事，有时还可替牛驾辕……在华北战事混乱时期，骡子被当兵的强行征走，父亲险些没有疯了。

于是大半生来，凡听到有人说："是骡子是马拉出来遛遛！"便甚不以为然，这话里暗含着一种对骡子的蔑视。你有本事尽可自我炫耀，但不要糟践骡子。马和骡子各有所长，"遛遛"也要看怎么个遛法？倘是负重、履险、长途跋涉，再好的马也没法跟骡子比。

《中国大百科全书》这样解释骡子："耳长，颈短，腰部坚实有力""生命力和抗病力强，饲料利用率高，体质结实，肢体强健，富持久力，易于驾驭，主供使役，役用价值高于马、驴。"所以农村有母驴者，多与马交，务实的农民有母马，也愿意与公驴交，就为的是想得骡子。

骡子是那种忍辱负重，忠心耿耿，"堪托生死"的动物。叶剑英曾写过一首赞颂骡子的诗："一匹复一匹，过桥真费力。感谢牵骡人，驱驮赴前敌。"而娱乐时代、享乐社会，最缺少的就是骡子的品行。

现代人大都希望当"白马"，后边还要加上"王子"二字，即便是驴，因名吃"驴肉烧饼"也颇受人们青睐。可谁能担保不会有那么一天，人们又开始需要骡子、怀念骡子呢？

"石都"石趣

　　开放的大潮,令每个人都眼界大开,同时又让每个人都感觉到了自己的孤陋寡闻。比如,古老的云浮是六祖惠能的故乡,如今却成了广东最年轻的城市。也正是到了云浮,我才知道中国除了有煤都、钢都、瓷都等等之外,还有个"石都"。

　　——它就是云浮。

　　其《县志》上记载:此地于3亿年前便形成岩溶地貌,孤山突兀,石骨嶙峋,上有奇峰峻岭,下有溶洞暗河。玉蕴山辉,暗石藏龙,其矿产资源也非常丰厚,可供开发利用的石料多达数十种,有位列四大名石的云石(大理石),以及花岗岩、石英岩、白云石、石灰石等。据说"云浮"其名,便因石而得:云石写意,云轻石重,相得益彰,相辅相成。

　　乾坤有精物,杰地必出灵人。早在1607年(明万历三十五年),云浮就有了石材加工业,其石匠的技艺开始声名远播,当时一些著名的宫殿、庙宇和牌楼,都留下了他们的作品。1857年(清咸丰七年),

云浮出现了第一家石材加工厂，以后此类的工厂和作坊越来越多，至清末，云浮的石材加工业已经具备了相当的规模，刻石艺人甚至有了自己的节日：以每年的农历四月初八为"凿石师傅旦"。可见其石艺活跃和发达的程度。

这样一个自古就与石头结缘的地方，如今的石艺又发展到了什么程度呢？

我不妨先讲几个小故事。云浮像其他地方一样，也经历过诸如"大跃进"和"文革"之类的荒谬和倒退，石材业几近荒废。改革开放之初，一位领导人来云浮考查，接到了一份奇怪的礼物：是一个精致的南瓜。饱满成熟，色泽赤黄而温润。他望着南瓜不得其解，伸手一抓竟没有拿起来，不想此瓜竟沉重得很。细看原来是石头刻的，惟妙惟肖，生动喜人。领导人忽然有悟，不禁哈哈大笑：我明白了，种一个能吃的南瓜不过卖几块钱，而雕刻一个能让人百看不厌的南瓜，动辄会赚上几百元，就是卖到上千元也说不定。而云浮又最不缺石头，云浮云浮，漫山石头，城中有山，山中有城……好啊，到了六祖的故乡，果然处处禅机，你们是想让这个南瓜告诉我，云浮的发展，先从石头着眼！

很快，云浮的石头竟在全国范围内带起一个又一个的新潮。比如，前些年大公司、大机关的门前，忽然时兴摆放石狮子，根据单位的性质和建筑样式的不同，摆放石狮子也非常讲究，大小不一，形态各异，雌雄有别……发展到后来连各地的法院门前都要摆一对石狮子。这些石狮子中的绝大部分，都出自云浮刻石艺人之手。

随后，各地纷纷大建别墅，富人们喜欢在别墅里安装云浮产的石壁炉，以及与之相配套的石雕、石画、石拼图；有钱的或爱赶时髦的单位又兴起了在大厅的中心位置摆一个自动带水旋转的大石球；紧跟着是罗马柱、扭纹柱、异形线、石扶手……凡是想追逐时尚的人，追来追去都找到了云浮。

这是个崇尚石头的时代。社会越是浮躁，人们就越是追求永恒，追求一劳永逸。而石头的本质就是不朽、坚硬和耐久。引潮者反被潮催。在掀起一阵高一阵的石头热的同时，云浮的石艺也得到了大规模的锻炼和提升，由匠艺进入创作，意蕴巧夺天工，奇形可见物情。其作品堂而皇之地进入北京人民大会堂、故宫、西藏的布达拉宫，以及香港和内地许多机场、地铁站等雅致豪华的场所。中山大学的鲁迅雕像，是 70 岁的"老石头"欧秀明所作，他的另一件石雕《九龙鼎》，获得了国家级的文化大奖。当年雕刻南瓜的苏发，创作了一件名为《举世无双》的玉瓶，人家给出了一个举世无双的天价，他还舍不得出手……

近 30 年的改革开放，大致可分为两个阶段，前半截是中国看世界，后半截世界开始看中国。于是，云浮趁风借势，引领的不单单是国内的石头风尚，还带动了一个不大不小的世界性的"石头热"。连美国的白宫、俄罗斯的圣彼得堡广场，这些世界顶级的大门面，都来云浮订货，其他国家和地区就更不消说了。埃及开罗国际会议中心最大的大理石壁画《天长地久》，长 154 米，高 2.8 米，即云浮石材工艺总厂的李森才等人根据唐小禾、程犁夫妇的画稿制作的。

云浮的石头仿佛都被禅宗六祖点化过了，出神入化、灵气飞扬。这也就极大地调动了我的好奇心，不顾盛夏的酷热，匆匆南下粤西，去看这些神奇的石头。待真正走进云浮，却看到一座花园式的新城，四周群山掩映，秀峰耸立，有山皆绿，哪有裸石？城内更是树木葱茏，处处鲜花，湖泊也明净如镜，并非满街石头。一个以石头扬名的地方怎么可能还有青山绿水？在我的想象中，进了石都首先看到的应该是一个接一个的采石场，满天飞扬的石粉，被轧翻了浆的道路……莫不是传言有误，所说的石都并不是云浮？

陪同者笑道：别着急，石都不一定非得挖自己的石头。他随即带我拐到云浮市的另一侧，这里有一条"百里石材走廊"。我仿佛一步跌入石头阵中，满眼都是各式各样的巨石，从几吨到几百吨，有的已经被切割成一片片光滑石板；还有不计其数的石头制品，一眼望不到头，每一块石头都像活了起来，令人眼花缭乱。在这条百里长街的两边，一家挨一家地坐落着3800多个石材工艺厂，年产石材工艺品700多万套（件），是世界上独一无二的"石艺王国"，或者叫"石头博物馆"！

云浮的石头不许采，那么这些精美的石头是从哪儿来的呢？只要看看各个厂家门前的大字广告便一目了然：印度红、南非翠、蒙古黑、英国白、白宫米黄、俄国浅啡……原来云浮的石料大部分来自国外，有的是国外来料加工，有的是云浮厂家自己从国外买来的。永光兄弟石材公司的办公大楼，优美而厚重，装修更是富丽堂皇，是用81国的石头建造而成。这似乎是一种象征，一种宣告："世界名石皆为我所用，我为世界点石成金。"

云浮人不愧为惠能禅师的老乡，果真是好智慧！

夜游北部湾

广西明明在中国的最南部，有个地方却叫"北海"。

北海不是海，是个漂亮的新兴城市，坐落在海边上。这个海叫北部湾——显然是借用了北海的前一个字，否则它应该叫"南部湾"。

当年北部湾战争时期，我正在海军里服役，当绘图员，在图板上跟北部湾打过无数次交道，对它可以说太熟悉、印象太强烈了，它把号称是世界上最强大的美国海军缠住，一拖就是十几年。

这次亲眼看到了真实生动的北部湾，岂可不下海一游、不亲身感受一下这个神秘海湾的魅力？北海市的市长说，来到北海而又不下海的人，等于没有到过北海。可见北海市的魅力也跟海分不开。

然而，我们参加这次"京津港作家北海笔会"的主要目的是要动笔的，动笔之前还要用眼看大量的事实，用耳听大量的讲解，用嘴询问大量的问题，参观采访的进程完全按照沿海特区开放的节奏来安排，非常紧张，每天晚上11点钟之前没有个人活动的时间。当然也不会安排下海游泳的节目。

直到香港的两位作家明天就要离开了，主人让我们搬进一个靠近海边的宾馆，而且当晚9点钟就结束了全天的活动安排，送我们回到宾馆。于是作家们便决定要夜探北部湾。连79岁高龄的香港作家联会会长曾敏之先生，也动作利索地换成短打扮，兴致勃勃地先走出房间等候。

当时正值农历四月十五，月轮饱满，清辉洒地，轻柔的海风飘送着湿漉漉的清馨。从我们下榻的宾馆到海滩不过百米，海滩上的沙子分两种颜色，干沙是白的，细软微温，赤脚踏上去立刻有一种极舒服、惬意的感觉传导到全身。而海水退去后留下的湿沙是深色的，细腻而瓷实，脚板接触这样的细沙，忍不住想跑想跳想在上面打滚，任你怎么折腾都不会碰到异物，受到伤害。

海上清光浮动，水影茫茫，远处有船灯点点，闪闪烁烁，乍浮犹隐，逗得水面似熔金炼银。明明是万顷细波，一旦推到岸边就形成了线状大浪、哗哗啦啦地拍打着沙滩。沙滩上只有我们这几个恋水者，也许这还是一片尚未开发的海滨，我不免为曾公担心，他偌大年纪穿得过这海浪的排阵吗？

不想我还在沙滩上弯腰甩臂地做着准备活动，曾公倒一马当先地扑进了大海，香港诗人王一桃和北京的翻译家范宝慈也紧随左右冲进海浪。我和舒乙哪敢怠慢，走进波涛看护着曾公，随时准备施以援手。留下邓友梅夫妇在沙滩上掠阵，照看衣物。

曾公从容自信，背对海浪蹲进水里，有时大浪涌来会把他推上沙滩，他嬉笑着又退回浅水处，极有耐性又不失尊严地跟海浪周旋。最后索性坐在浅水区，一面接受海浪的拍打，一面和大家谈笑风生。

我看着这幅有趣的"老人月夜戏海图"，突然被感动了。世界的进步就在于老人不老。1982年我就在香港结识了曾先生，以后又多次受到过他的款待，却从未把他和79岁联系起来。老先生智慧饱满，学养深厚，却又平易谦和，随着大家一项不漏地参加所有的活动，不管多么紧张，喊累的不会是他，发困的不会是他，陪着主人说话最多，经常表现出最高兴致的倒往往是他。

他从不拒绝别人想照顾他的好意，但他思维敏捷，动作灵巧，该说的说到点上，该做的做得恰到好处，使大家不知不觉地把他当成采访团里的普通成员，不再特意地照顾他。是睿智使曾公不老。他能保持睿智，就不能不让人肃然起敬了，大家在他身上理会了什么叫德高望重。

西方有位先哲说，老人是民众的威严。任何活动有这样一位老者，其余的人就省事了，可以跟在后面滥竽充数。即便是在海里，我们再继续站在曾公旁边充当救生员的角色似也没有必要了，我和舒乙先生便向远处游去。

其实，曾公游戏的浅水区才是风口浪尖，真的进入深水区域，反倒风轻浪柔，海面变得安静了。头上皓月当空，眼前波光粼粼，四肢慢慢划动，心里一片澄明，通体舒泰。夜里游海，有一股特殊的宁静和神秘感，好在主人再三强调这一带海域里没有鲨鱼，我们可放心大胆地游个痛快。我的手几次碰上了柔软溜滑的游动物，足见这是一片肥海，鱼类竟多到往游人的手上撞，大概是我们的夜晚侵入，惊扰了它们。我低下头向水里看，没有看到鱼，却清清楚楚地看到了自己的手臂和腿脚，好清澈的海水，水下似乎比水上还要透亮。夜晚尚且如此，白天这海水又会是什么颜色呢？

我在想象着海水的颜色，左前方的天空却突然变成了一片火红，紧接着又变黄、变绿、变白……有《维也纳森林》的乐声隐隐传来，乐声中亿万根五颜六色的水柱像海里的精灵般翩翩起舞，或组成片片水墙，或散成团团水雾，或跳跃，或旋转，或柔媚，或激昂，或温文尔雅，款款深情，或热烈奔放激射到夜空深处。旁边一幢摩天大楼般高大的不锈钢楼空巨球，在七彩光影里显得神秘而古怪，忽而辉煌灿烂，忽而奇妙地隐去——这就是北海著名的银滩音乐喷泉，它是北部湾夜晚的诗。

用眼看上去那彩色的夜空并不太远，可要从海里游过去，大概就得到第二天早晨了。我们知难而返，怀着对北部湾夜晚的一份留恋，游回了曾公一伙人的身边，并劝老先生上岸。来日方长，明年是曾公八十大寿，大家相约一定要好好地庆祝一下，或者同去香港，或者把曾公请回内地，肯定还会有同游北部湾的机会。

我回到房间，洗完澡就睡了。第二天早晨才知道，曾公昨晚游北部湾之后余兴未尽，回到房间又写了一首诗，老先生的精气神儿真是没比了。兹抄下曾公的诗，为此文作结：

> 南北相逢北海滨，
> 风云意气诉潮音；
> 明年一苇香江去，
> 醉枕炉峰看月明。

横琴变奏

珠海多"珠"，有大大小小 146 个岛屿，如一颗颗翠珠撒落于海。

其中，最大的一颗是横琴岛。分大、小横琴，若两把古琴摆放于珠江口外的碧波之上。千万年来，吟风啸浪，相对而鸣，或急或缓，如泣无诉……

珠江三角洲多"门"：江门、虎门、崖门、横门、斗门、澳门、磨刀门、十字门……横琴岛有两个门，西面磨刀门，东面十字门。出此门向东，便是伶仃洋，与珠海的外伶仃岛遥相呼应，更像是横琴的知音。

在外伶仃岛的巨石上，刻着文天祥的千古绝唱《过零丁洋》："辛苦遭逢起一经，干戈寥落四周星。山河破碎风飘絮，身世浮沉雨打萍。惶恐滩头说惶恐，零丁洋里叹零丁。人生自古谁无死？留取丹心照汗青。"

文天祥为江西庐陵人，在赣江的十八滩中确有一个"惶恐滩"，江流湍急，礁群狰狞，令行船者惶恐惊怖。原本是宋将的张弘范，降元后成了灭宋的统帅，逼迫被囚的文天祥以南宋丞相的身份写信招降坚守在十字门的宋军统帅张世杰，文天祥一挥而就写出这篇七律。

——这也是大小横琴发出的第一次激昂壮烈、椎心泣血的鸣响。时为1279年，大宋王朝覆亡于此。遂使十字门成为古时最著名的一个"门"，并成就了宋人在此"门"上演了全本的"忠、义、节、烈"大传奇。

"忠"的主调，当是由文天祥完成。他被俘后几乎所有的元朝高官和已经降元的宋廷同僚，都费尽心机劝降他，想借他的投降而立功，却都被文天祥或讥或讽或骂地顶了回来。而元朝刚立国，急需治国能臣，开国皇帝忽必烈遍访大臣，又大都举荐文天祥。他不得不亲自出面招降，并许道："汝以事宋者事我，即以汝为中书宰相。"

文天祥却不为所动："天祥为宋状元宰相，安事二姓？愿赐一死，足矣！"

忽必烈无奈，又招来早被囚于元营的宋恭帝做文天祥的工作，皇帝劝自己的宰相一块投降敌人，这在中国历史上绝无仅有。自己的皇帝出面，文天祥只好收敛锋芒，连说："圣驾请回，圣驾请回。"让这个倒霉的皇帝碰了个软钉子。文天祥在一污秽狭小的土室里，被囚了两年多才被杀，遂留下了不朽的《正气歌》。其耿耿忠心被史家誉为"三千年不两见"！

而将一个"义"字诠释得淋漓尽致的，是十字门守军主帅张世杰。明知大势已去，如果投降不仅能保命，还可享受荣华富贵，眼前就有例子：敌营的主帅是他的叔伯兄弟，降元后又被委以重权。他的外甥降元后也有个不错的功名，并三次进帐招降于他。但张世杰始终正气凛然，誓死尽职。最后时刻，他挺立舵楼，迎着飓风对天呼号："我为赵氏，仁至义尽！一君亡，复立一君，今又亡。我当时不死，只望敌兵退后，别立赵氏后人以存社稷。今又遇此，岂非天意！"登时海天变色，狂风呼啸，怒涛如山，刹那间大海便将张世杰和他的战船以及残余宋军，全部吞没。但历史，留住了他的英魂。

与文、张同朝的陆秀夫，背着小皇帝跳海，则将"节、烈"推向极致。陆秀夫是宋景定年间的进士，同榜的状元便是文天祥，古人称"忠节萃于一榜，洵千古美谈"。1277 年 5 月，为逃避元兵躲到广东石冈州一个小岛上的宋少帝赵昰病逝，尚不足 10 岁。"群臣多欲散去"，唯陆秀夫站出来力挽狂澜："度宗皇帝一子尚在，将焉置之？古人有以一旅一成中兴者，今百官有司皆具，士卒数万，天若未欲绝宋，此岂不可为国邪？"于是拥立年仅 8 岁的卫王赵昺为帝。但南宋王朝已是风雨飘摇，君臣播越、人心惶惶，而他每次上朝"俨然正笏立，如治朝。或时在行中，凄然泣下，以朝衣拭泪，衣尽湿，左右无不悲恸"。

当看到张世杰战败，南宋王朝想苟延残喘的最后一线希望破灭，宋朝君臣除去投降别无他路。陆秀夫便"先驱自己的妻儿跳海"，然后入船舱把小皇帝赵昺请到船头，倒头泣拜："国事至此，陛下当为国死。德佑皇帝（宋恭帝）辱已甚，陛下不可再辱！"哭诉毕，背起小皇帝，纵身跳入滚滚怒涛。此时的小皇帝已经 9 岁多，应该懂事了，显然也听懂了陆秀夫的话，知道陆秀夫背起他要干什么，但他不哭不闹不挣扎，不失天子尊严地随着最可靠的大臣蹈海赴死。小小年纪难得有这份烈性，与高风亮节的陆秀夫，共同完成了在中国历史上频繁的朝廷更迭中，最为凄美壮烈的一幕。

——横琴真是一座奇岛。见证过中国的历史，接受过惊天地而泣鬼神的历练，随后竟能把自己藏起来。从历史的大热闹中毅然抽身，回归简朴与自然，在人们的眼皮底下淡出了人们的视线。横琴这一藏就藏了七百多年，藏风纳气，休养生息。直养得山清水秀，土地丰润，就连牡蛎，都格外肥美……岛上"百步万棵树，块块奇石都是景"，晴天十步一瀑布，雨时处处有瀑布。岛的四周，海湾像花边一样相互勾连，或沙滩绵延，或怪石嶙峋……

终于，横琴等来了自己的时刻，2009 年 8 月，国务院批准建立珠海横琴新区及其总体发展规划。曾经的壮怀激烈，曾经的大浪淘沙，都化作丰厚的精神积淀，培养了横琴的沉实、从容与大气。谋定而后动，后发而先至——在人类社会的发展与进步中，屡见不鲜。

　　琴弦已调好，总谱业已写就。而此时的横琴，视野雄阔，气度朗健，要弹奏新的"十字门变奏曲"：大海扬波，清风鼓荡，十字交汇，门通天下。

　　横琴必兴，又将震古烁今。

雪后"吃春"

春从哪儿来？一说是东风吹来，"风含和气满谷春"；一说是由鸭子的羽毛带来，"春江水暖鸭先知"；一说是大雪送来，"飞雪迎春到"……我欣赏这最后一种说法。

在我童年的记忆里，冬天是白色的。雪给大人们带来希望，即"瑞雪兆丰年"，下雪就是"下粮食""下好运"，即便围在热炕上扯闲篇，心里也是踏实的、温暖的。大雪还极大地激发了孩子的想象力，给他们带来只有冬天才能玩的各种游戏和无尽的欢乐，甚至可以选一块地方把厚厚的积雪清理掉，撒上粮食，在粮食后面布好机关，因雪封大地而觅不到食的各色的鸟儿们，便会飞扑过来自投罗网……

雪是大自然的精神，是冬天的福音，滋补和呵护天地万物，洁净和拢住人们的灵魂。

这样的冬天不知什么时候悄悄地改变了，变得枯燥干冷、灰不溜秋。无雪的冬天让人们烦躁不安，甚至会拖累年节变得模糊、混沌。然而，就在我对下雪已经不抱太大希望的时候，有一天早晨按时被闹钟叫醒，收拾好泳具准备去游泳馆，一开门陡然发现门外的世界大变了。

灰暗而拥挤的城市被层层叠叠的洁白所包裹，白得透彻，白得清亮，连被清洗过的空气都凉沁沁地带着一股清香。高高低低的建筑、树木、线路、管道……城市能分出多少层横面，就有多少层洁白，足可称得上"银色三千界，瑶林一万重"。

马路上积雪没脚面，人很少，车也很少，有些街段雪如处子，我的自行车在上面轧出了第一道辙印，破坏了雪的平整和宁静，既有些不忍，又有一种独享的快乐。自行车已无法再骑，只能推着它碾出嘎嘎的声响，一如心的欢快。

每天在游泳馆里的一个多小时，常常是我一天当中最轻松愉快的时候，大雪之后更有一种异样的兴奋，泳友们说的全是雪，脸上挂着雪花般的笑容。游泳完了我仍不想回家，要饱览这难得的雪景，便推着自行车拐进堆山公园，山上山下一片皑皑，清绝幽香，纤尘不染。白雪同阳光相辉映，熠熠耀眼，天地间变得明亮而辉煌，原本冰凉的雪，却成了欢乐的温床，奇异而迷人。来山前赏雪的人很多，所有人在雪地上都变成了孩子，大家都想在未被踩踏过的白雪上留下自己的脚印，都想摸一摸雪或将雪攥成雪球……

我绕到山的背后，人却很少，只有一老者在山坡上弯腰寻觅着什么东西。我以为他掉了钥匙或手机之类的物件，白雪上落黑物，应该很容易找到，便上前帮忙寻找，他却提醒我道："小心别踩了！"我顺着他的手指看去，在一块石头下面，洁白的一层薄雪上面托着两片翠绿的嫩叶，水灵灵、肉嘟嘟，格外喜人，真是"动人春色无须多"。老者蹲下身子，小心翼翼地扒开雪层，将这颗神奇的小植物拔出来，十分珍爱地托在掌心上，比一根手指长不了多少，大小一共四片叶。我大为惊奇："这是草啊还是菜？这么冷的时候还能钻芽长叶？"

老者一笑，甚为得意："对了，它稀贵就稀贵在最冷的时候冒头，喜欢长在石缝里、断崖下，或不被人注意的角角落落，平时紧贴着地皮，一下雪就支棱起来，好像给春天报信。"

"好一个春嫩不惧寒！"

"你如果拿它当草，那也是仙草，实际上它是一种野菜，土名叫'吃春'。"

"吃春？"我咂摸着老者话里的韵味，吃到它就等于吃到春天了？还是春天想吃它才乘雪来到人间？这正应了古人的名句："春色先从草际归"。有了这样一场雪，春天就开始发芽，渐渐会变得芬芳。这样的春，才是新春，年也才称得上是新年。

老者掰了两片"吃春"的嫩叶递给我，我放进嘴里慢慢品尝，微甜、多汁，后味还有一丝淡淡的清香。老先生告诉我，明天早晨来可能会多找到几株钻出雪层的"吃春"。于是我们约定，明早继续到这儿来"吃春"，然后分头下山。

我走到堆山的东侧，从远处东湖的湖面上传来阵阵喧闹声，冬泳者把靠近码头的坚冰砸破，清理出一块十几米见方的水面，一赤裸老人站在码头的高台上，做英勇就义状，振臂高呼口号，然后纵身跳入水中，轰然激起一阵大笑。其他人也纷纷仿效，呼喊着各种各样的滑稽口号跃入水中。破冰垂钓者则远离嘻嘻哈哈的冬泳者和看热闹的人，在湖的深处星星点点布开阵势，像白棋盘上的黑子一样均匀。

我推车走出堆山公园，市区主要大道上洒了盐水，被汽车轮子反复轧过之后如同新翻的土地，雪花洗净了车轮自己却变黑了，雪泥堆出了一道道垄沟。街道上车多人多，碰撞的多，摔跤的多，却很少有生气吵架的，挨摔的人乐乐呵呵，看摔跤的人也乐乐呵呵。一场大雪居然使紧张、烦躁、牢骚满腹、火气旺盛的城里人变得和善了。人们一旦取得了跟大自然的和谐，会感到幸运和快乐。未春先有思，人们的心里已经有了春意。

　　也许是为了保存这场难得的大雪，雪后气温一直很低，把松散的雪花变成坚固的整体，抗拒着来自外力的摧残和阳光的融化。在城里的背阴处和人们较少踩踏的地方，仍然保留着一层光滑结实的残雪，记录着天地间曾经有过的洁白。

　　并以此迎接热热闹闹的新春。

中卷　人文

九个月能干什么？

汉高祖六载（公元前201年）置宜春县。因地利而得名："城侧有泉，莹媚如春，饮之宜人"。还有一说："山明水秀，土沃泉甘，其气如春，四时咸宜"。后因看重人文，改名为袁州。东汉宰相袁安次子袁京，满腹经纶，却不思仕进，被誉为"孤高处士"，寻觅到偏僻的宜春，潜心读书、讲学，著书立说。与隐居富春江畔的严子陵齐名，称"汉室两伟人，千古更无比"。

宜春人慕其名，仰其学，为他修"高士坊"，建"高士书院"，城区大道叫"高士路"，山称"袁山"，河叫"袁水"……地以人重，索性将城市名称也改了。城郭山川，皆从袁氏，可见宜春人求贤若渴的情状。

至唐天宝五年（746年）袁州改回宜春郡。12年后，乾元元年（758年），又改回袁州，许多年后再次改回宜春……一大片忽而称府、忽而叫郡的地域名字，这样改来改去，似乎是在呼唤、在等待什么，是一个人、还是一种变化？

唐元和三年（808年），韩愈在出长安必经的灞桥，为被贬去袁州的同科进士、翰林学士王涯送别，路边杨柳依依，两人昔日风雨同忧，今日荣华异路，离情别绪，不可无诗。韩诗的后两句："莫以宜春远，江山多胜游。"至今还广为传诵。

当时是韩愈对好友的慰藉，不料后来却成为他对自己的鼓励和为官的一个目标。11年后，元和十四年，身为刑部侍郎的韩愈，年已51岁，上表力谏唐宪宗极尽排场地迎佛骨，被贬往潮州。在通过秦岭深处一段险道时自悲自叹："一封朝奏九重天，夕贬潮州路八千。欲为圣明除弊事，肯将衰朽惜残年。云横秦岭家何在，雪拥蓝关马不前……"随即他的家眷也被赶出京城，幼女病死于贬谪的途中，草草葬于山道一侧。他到潮州不久，因老韩家人丁不旺，被韩愈寄予厚望、确是博学多才的侄孙韩滂又病逝……可谓迭遭祸患，雪上加霜！

韩愈以戴罪之身，在潮州仍然干了几件被后人称颂的大事：当地水网密布，鳄鱼成灾，还被百姓视为凶神，不敢招惹。韩愈连皇上都敢直言劝告，岂会惧怕一种畜生，写了篇给鳄鱼的祭文，当众宣读、焚烧，随之大力捕杀，还百姓一个安定的生存环境。然后就兴教办学，挖渠凿井、兴修水利……古代伟大的文人大致分两类：一类严子陵、陶渊明，隐逸于世；另一类韩愈、苏轼等，闲不住，被贬到哪儿干到哪儿。八个月后，朝廷特赦，因罪远贬的官吏可以调迁到离长安近一些的地方任职，此谓"量移"。韩愈就戏剧性地被"量移"到袁州做刺史。直线距离袁州确实比潮州距长安略近。

当代宜春学者舒建勋在《莫以宜春远》一文中有这样的描述："当时的袁州，由于地处偏僻，文化落后，买卖人口，学校不兴，弊政陋习极多。"韩愈到袁州做的第一件事就是还宜春以春天——解救奴婢。他亲眼见到了一些因贫穷或其他种种原因而卖身为奴者的苦难，于是颁布法令、制定标准，凡以工已经抵偿了债务的男女奴婢，皆给以自由。有些父母双亡，以工抵债尚不足者，韩愈自掏腰包为其赎身。在袁州境内共解救了 730 多位奴婢。此是公元 820 年。

他应是人类史上第一个解放奴婢的人。数百年后，1862 年美国总统林肯才颁布《解放黑奴宣言》；1856 年，托尔斯泰就立志要解放自己领地上的奴隶，这一愿望直到许多年后才实现。韩愈解救奴婢有一个客观原因，他一到袁州，就赶上大旱，自初春至夏，滴雨未下，土地干涸，民生凋敝，奴婢自然更苦。他率领州县士绅两次三番地祈雨，先拜城隍，后到城外的仰山祭祀山神。

像在潮州祭杀鳄鱼一样，先祭后杀。他祈雨也不是乞求，祈雨祭文中跟老天讲道理，甚至有质问、抗议："若守有罪，宜被疾殃于其身；百姓可哀，宜蒙恩悯，以时赐雨！"我有罪你随时可以惩罚，百姓无辜，你不该让他们遭殃！说也怪，老天自觉无理，大雨就真的下来了，百姓欢天喜地，感恩戴德。古代好官大都必干两件事，祈雨和治水。或许是祈雨的次数太多，赶巧的概率就高，常有"灵验"的佳话流传。

韩愈在袁州尽心竭力干的另一件大事，是兴办书院，鼓励学子发奋读书，倡导务实文风。著名散文家陆春祥，在《袁州长歌》中转引唐五代笔记《唐摭言》称，后来成为中唐著名古文大家的李翱、皇甫湜，以及著名诗人张籍，均是韩愈在袁州的高足，他的另一袁州学生黄颇，是会昌三年（843 年）的进士，官至监察御史。

《宜春县志》载："袁州自韩文公倡明道学，嗣是守郡者类以造就人才为心。宽刑禁，尚文学，悉奉昌黎为法……昔韩昌黎自岭南移守于此，教化既洽，州民交口颂之。"五代诗人韦庄的《袁州作》中这样形容当时的读书风气："家家生计只琴书，一郡清风似鲁儒"。

韩愈的兴学重教，十几年后大显成效，"文化落后……学校不兴"的袁州，竟出了江西第一个状元卢肇。紧随其后，易重又成为江西的第二个状元。整个唐代，江西只出了两个状元，都在袁州。进士则有三十多位，江西全省只有进士 60 多人，人称"江西进士半袁州"。宜春城内也有了"状元路""重桂路""黄颇路"……

韩愈"量移"袁州只九个月，除去上面简述的卓著政绩，还写了二十三篇文章，其中有《祭柳子厚文》《南海神庙碑》《新修滕王阁记》等名篇。他被尊为"唐宋八大家之首"，苏东坡称他是"文起八代之衰"，文学史上有"杜诗韩文"一说……所谓"一字千金"似乎就是用来形容他的文章的。这令人很难理解，一个人在九个月的时间里怎么办得了这么多事？而且都是大事、好事，被后人念念不忘载入史册的事！

唐代的时间和现在的时间是一样的，而现代人却经常感叹一晃一年就过去了，到年底回头一看觉得没什么好总结的，更不要说"躺平"的、"宅家"的……韩愈在袁州的九个月，影响了一千多年，至今宜春人还在感念他，扩建昌黎书院、立韩文公祠、修建气势巍峨的昌黎阁……甚至将宜春至今文脉昌盛，也归功于他的影响。

我 2023 年夏天去宜春，正赶上高考发榜，江西的"高考状元"又出在宜春所辖的铜鼓。这让人很难不联想到卢肇、易重让江西开天辟地出了状元，都是在韩愈去了宜春之后。

这才叫："为官一任，造福一方"。

老精怪林希

　　我与林希老哥每天都要互通微信，常常一日数信。他年已八十有八，但精神健旺，信息量极大，仍保留博览群书的习惯，每读到快意处便推荐给我：连阔如的《江湖丛谈》、王少堂的《武十回》，新版《知堂回想录》，并常加上几句精妙的推荐语："《中国京昆艺术家传》，全套40余册，珍贵珍贵，用360百度下载，三天内有效。"我下载后先读了余叔岩和历慧良，果然长知识，有阅读的满足感。

　　他的微信"有声有色"："到 bilibili 网上看一出北京人艺的话剧，德国剧本，讲一个肉铺小商人的故事"。梅兰芳、程砚秋1946年在上海对台打擂演出的故事、北京京剧院八大头牌演唱会、马连良的《淮河营》、谭富英的《打渔杀家》、余派女须生专场……真真是让我大过戏瘾。有时我看戏常联系当下，爱发感慨，他劝道："既然看戏，就只当戏看，不可过度投入。"

　　我们生活的城市发生了震惊世人的"七连跳"事件，他顺便点评："白桦老兄名言，我们有一百个理由死掉，却有一个理由活了下来，不要放弃那唯有的一个理由"。一"名人"在网上自吹，说国家要委以重任，被他拒绝。林希叹道："老舍先生常言，就您老那两把刷子，能刷出什么来呀！"他记忆力超强，名言警句、历史掌故张口就来。当然也不排除或许有时灵机一动应时应景的现编经典语录或故事。

2023 年春节期间，老哥陆续给我发来两首他写的鼓词，一首是《探春远嫁》："金陵河口起秋风，帆去帆来听水声。一舸锈船岸边泊，船舱里，探春姑娘伴孤灯……"此后一连八个"人尽知"，诉说探春远嫁千秋恨。"大观园里筵席散，唯可叹，难解难断骨肉情。"伤时感怀，沉郁悲切，作者才情迸发，内涵深微。他本是诗人，最早以诗名世，长诗《无名河》曾获全国首届诗歌奖。加上自幼喜欢戏曲，兴之所至写几篇鼓词，当是文不负心，得其所哉。第二首是《栊翠庵茶品梅花雪》，词意更是丰润，枝叶披覆，摇曳多姿："女儿才是出泉的灵，人情极致，才是净界女儿净界情。"

我猜到老哥来劲儿了，又要出好东西。他一肚子宝贝，随便抖搂一点，就令人感到无比新奇，尤其是怀念老天津卫的人。果不其然，一开春先在报纸上连发两篇随笔打场子：《大杂院印象》《大杂院美食》，一片叫好声，天津老友纷纷给我发信：林希成精了，越老越有味儿，才思宏富，笔力清爽，看似如话家常，实则常中有奇。老报迷们觉得报纸有看头了。紧跟着，他连续推出《沽上纪闻》系列小说的前两篇《流浪汉麦克》《哈罗，县太爷》，肆意渲染，亦实亦虚，却最见作者的文字功力。读来十分轻松，又令人能深味其意，忍俊不禁。小说一出，好评如潮，《小说月报》立即转载，并录视频，加评论，大力推广。甚至有编辑兴奋地说，林老的沽上系列小说都已构思好了，发一篇我们转一篇！

他则臭跩："沽上乃天下趣闻、奇事繁生之地，记下几宗市井怪谭，以为消遣，倒也乐事……如是，便有了这不成体统的几则粗俗文字，乡中诸贤知我怜我，宽宥体恤，如此就任我放肆了。"我发信向他祝贺，他回信说，"看行市吧，如果老帮子市场见好，反映还差强人意，我脑袋瓜子还好用，就继续写旧租界、老城里、王串场、三条石……"

他果然是都构思好了。建议他一定要写下去，这些东西他不写就没人能写得了，他的优势就是"别人看见的他看不见，他看见的别人看不见"。有经典作家说，现代人身上没有故事了，而林希是有大故事的人，这正是他的魅力所在，是他创作有后劲的"秘密力量源泉"。

他本姓侯，山西侯家是大户。其祖父南开大学毕业后就职于天津美孚洋行，其父为海关职员，通晓英、日等外语，他是含着银勺出身于书香门第兼小号买办之家。后来他的父亲在外面娶了姨太太，母亲怕他跑，每当他乘包月车出去，就把林希放到车上，善良的母亲以为这样就可以约束父亲，却让林希开眼了，跟着放浪形骸的父亲见识了外面的花花世界……所以他能写出跌宕参差、细节丰厚、旨趣遥深的长篇小说《桃儿杏儿》《买办之家》，以及包括获首届鲁迅文学奖的《小的儿》等数十部中篇小说。

按族谱他排在"虫"字辈，学富五车的长辈为他取名"侯虫萼"，即"虫子咬花心"。虫是好虫，毁花肥己终是不雅，后改为"侯红萼"，或"侯红鹅"。真若是"虫咬花心"还好，不该"咬文化"，十几岁成"胡风分子"被抓，因其荒诞而好记、好传，遂举国尽知"最小的胡风分子侯红鹅"。这个符号也将伴随他一生。后来经过甄别，他与胡风本人并无交集，只是与胡风的干将经常联系，书信往来，并为其编辑的刊物撰稿。于是准其回原单位上班，但必须改名换姓，"侯红鹅"三个字杀伤力太大。他甫一报到，领导便逼他立即报上新名。他稍加思索，想到自己师范学校毕业后被分配到唐山林夕煤矿教书，为避免煤矿抗议，将"夕"改为"希"。于是，中国文坛才有了后来"天津味儿文学大拿"——林希。

可想而知，没过多久他自然而然地又成为不一定还是年龄最小"右派分子"，如今竟成了仅存的创作力依然旺盛的最老的前"胡风分子"。其间他死过，被劳改队的兽医救活。"文革"中被打，奄奄一息时被一老工人搭救……人们都说大难不死，必有后福。西方科学家经多年调查研究公布了长寿者的 10 个特点，他占了 8 个："稍胖，秃顶，耳长，头胎，居绿者，多梦者，B 型血，血压略高"，他不仅血压略高，血糖也偏高，穿着美制"糖尿病鞋"，悠哉、悠哉，想不长寿都难，也活活一个雄性"老妖"。

毕竟出自大户人家，他有一种与生俱来的文化自信，意识超前。他是天津作家里第一个使用电脑写作的，也是全市极少数的第一批经有关部门批准给自家电视安装"大锅盖的"，率先实现"全球一体化"。最重要的，还是他具备一个作家足够的"耐性"。林希的文字，是他的生存能力，文学是他的庇护所，也是他的精神归宿，故能置之死地而后生。他的所有生活，都是写作的积累，老天津卫的正史野话、民风俗规、五行八作、三教九流、天地君亲师、神仙老虎狗……随笔涌出，纵意驰往，写来妙趣畅达，弥足珍贵。

他行文喜欢用第一人称，嬉戏笔法，反转摇曳，讽人嘲己，以风趣写性灵。语言如一条山溪，自然地流淌下来，看似平平常常，却是"平常中不平常的组合"，绵里藏针，勘破玄黄。多次被改编成话剧和影视作品的《蛐蛐四爷》，其立意是虫性即人性；广受读者喜爱的《高买》，说的是官匪相通；《大杂院》道出了草根社会的人情和秩序……他的故交邵燕祥说："林希把二十年代的砂，变成九十年代的朱。"此言极为精准。

林希器识高爽，能断大事，又不拘小节。情商极高，处世随和多智，常见有"三态"：会场上是固态，双唇合拢，两眼微眯，木佛一尊。待人是液态，融合随缘，笑话篓子，人谓"笑佛"。写作时是气态，意兴扬扬，想象发散，如临仙界。一个人忽而木讷，忽而妙趣横生，忽而又是智者，岂不精怪？最难得的是，他历尽劫难，并不怨天尤人，仍是一个心里温暖的人。

或如王国维所言，"阅世越深，则性越深"。这也正是由"著名诗人"而成为一位成功小说家的根本原因。他不仅活成了一个传奇，还把天津卫写绝了，他的文字也成为"天津一绝"。

诗词桐庐

桐庐，"桐下结庐"。单是这名字就充满诗意。

陆春祥的《水边修辞》载，遍尝百草的神农，派遣尽得自己医术妙谛的弟子迷穀，一路向南，到毒虫成群、百姓缺医少药的蛮荒之地去独立闯荡，治病救人。

他行行复行行，一路行，一路医，当他觉得该找个地方停下来的时候，发现了今天称为"桐庐"的地方：

"一条清澈的大江，绿波缓缓流动，另一条斜刺里杀出的支流，将一座山紧紧围绕。山不高，却葱郁，东边山坳有一大片平地，桐树茂盛，此山与一望无际的群山逶迤相连"。于是迷穀就在大江边的桐树下，结了一座茅庐。开始采药，救人，收徒，写作。

——人称"桐君"。

继《黄帝内经》《神农百草经》之后，他也留下了一部堪称中国古代最早的医药学经典《桐君采药录》。人们感念他，此地遂成为"桐庐郡"。

桐庐便渐渐地无处不"桐君",山成为"桐君山",塔成为"桐君塔",还有桐江、桐洲、桐君堂……

被桐君相中的地方,自然是人间胜境。此后又吸引来一位高人,而这位高人又吸引来无数文人雅士,其中不乏文化巨匠。于是千百年来,这些诗词圣手便轮番对桐庐展开诗词轰炸。至今,中国已有2900多个县,哪一个县被历代文人用诗词歌颂得最多?

——桐庐。

据煌煌三卷本的《桐庐古诗词大集》载,自南北朝至明清,有1900余位诗人,为桐庐写下了7400余首诗词。如李白、孟浩然、王维、孟郊、白居易、罗隐、贯休、范仲淹、苏轼、陆游、朱熹、杨万里等等。

仅唐宋就有520多位著名诗人,留下了1400多首诗词,"几乎涵盖了那个时期所有重要诗人"。

至于这些诗人都写了一些怎样的诗,随后再说。先讲他们为什么会摩肩接踵地来到桐庐一展才情,或可称之为吐露心声呢?

皆因在桐庐独绝天下的奇山异水中,有一面硕大无比的镜子。此镜历经千百年的狂风暴雨、雾瘴弥漫而一尘不染,依然光华璀璨,能照出人的灵魂。

于是,古往今来人们都一窝蜂地来桐庐照镜子。特别是官场中人,而古代文学大家,又多身在官场,尤其是那些在官场失意甚或被贬谪的大才,站到桐庐的大镜前,面对自己的灵魂,或警醒,或懊恼,或惶愧,或愤恨……

这面神奇灵幻的大镜,就是严光严子陵。

他满腹经天纬地之才,在王莽篡位前和当了皇帝后,曾两次请他出任朝廷高官,均被他拒绝。后来却以亦师亦友的身份,为还是一介空有皇族血统的草民刘秀答疑解惑,开导他起兵除逆,夺回汉室天下。

刘秀成为汉光武皇帝后，想请严光回朝为官，辅佐自己。两人同榻而眠，严光将一双赤脚放到刘秀的肚子上，"客星犯帝座"。光武帝不仅不怪，反被传为佳话。然而严光还是辞谢不敏，刘秀竟也不敢强留。

严光回到桐庐，在富春江边一风景绝佳的高台上垂钓。他这一伸杆，就把中国历史上的诸多文学大家都钓来了，让所有文人学士都无比崇拜："官无一身绿，名传千万里""惟将道业为芳饵，钓得高名直到今"。

他钓鱼，竟然成"道"。直如姜太公用直钩为周朝钓了800年天下。

说来也怪，或者说是中国官场文化的一大特点，凡入官场者无不渴望能一路高官厚禄。可是无论混得得意与否，从心里又崇敬有条件高官厚禄，却自动放弃、归隐山林的人。于是，严光成为历代文化精英的精神偶像。

李白是何等狂放，从来不认为自己是"蓬蒿人"，甚至自比大鹏，"扶摇直上九万里""欲上青天揽明月"。雄心勃勃地到长安，一心要施展抱负，成就大业，却只写了几首诗，就被皇帝用些散碎银两又打发回到乡间。他来桐庐见到严子陵钓台，无法不惭愧：

> 松柏本孤直，难为桃李颜。
> 昭昭严子陵，垂钓沧波间。
> 身将客星隐，心与浮云闲。
> 长揖万乘君，还归富春山。
> 清风洒六合，邈然不可攀。
> 使我长叹息，冥栖岩石间。

李太白终究是诚直有慨的大家。

唐武宗会昌六年（846年），池州刺史杜牧调任睦州刺史，不算被贬，上任后发现桐庐大好，拜谒严子陵祠后写下著名的《睦州四韵》："州在钓台边，溪山实可怜。有家皆掩映，无处不潺湲。好树鸣幽鸟，晴楼入野烟。残春杜陵客，中酒落花前。"

诗中的"潺湲"两个字，最早是谢灵运用来形容富春江边严子陵钓台的，"石浅水潺湲，日落山照曜"。以后就多人援用这两字，包括一些如杜牧这样的大家。

范仲淹被宋仁宗贬为睦州知州时，大修严子陵祠，亲笔写下流传后世的《桐庐严先生祠堂记》，其中有歌曰："云山苍苍，江水泱泱。先生之风，山高水长。"成为千古传诵的绝唱。

他还一并写了10首歌颂桐庐的诗："潇洒桐庐郡，春山半是茶。新雷还好事，惊起雨前芽……"

历经宦海沉浮的司马光，在《子陵钓台》中说得更直接："吾爱严子陵，结庐隐孤亭。滩头钓明月，光武勃龙兴。三诏竟不至，万乘枉驾迎。吁嗟今世人，趋走公卿庭。缔交亦欢悦，意气颇骄矜。其如古贤操，松筠耐雪冰"。

——若照此援引下去，还有孟浩然、白居易、苏东坡、王安石等一千多名古诗人描绘桐庐的名篇佳构。其中唯李清照显得十分特别，她想到古往今来拜谒严子陵的人络绎不绝，无论是乘大船小舟，还是官员商贾，无非是为沽名钓誉而来，实是有愧于先生之德。她偏要乘夜幕悄悄过钓台，不惊扰严先生。于是写了《夜发严滩》：

巨舰只缘因利往，扁舟亦是为名来。
往来有愧先生德，特地通宵过钓台。

愈是晒古人的文字，愈觉富春江边、富春山下是诗词桐庐、文化桐庐。难怪中国散文学会在癸卯年新夏，授予桐庐"散文之乡"的称号。

其实，称桐庐为"诗词之乡"更为贴切。可眼下有谁或哪一个机构，有这样的资格为桐庐命名呢？

阎爷句式

这个题目是前两年被朋友所逼、情急之下匆匆想起来的。那天突然要被拉到一个青年作家培训班上"讲几句",刚好读完阎纲先生自述,在书上画出了一些句子,便带着这些句子上场了。

阎纲先生是我结识并实实在接触过的第一位文坛重量级人物。在上个世纪 60 年代初,对于文学爱好者来说有一本影响很大的书,茅盾点评的《1960 年短篇小说欣赏》。我读后颇有心得,便写成文章寄给《文艺报》,不想正是阎纲先生看到我的稿子,并专程到天津约我面谈修改意见。

当时阎纲先生在一个文学爱好者心目中是大神一般的存在,经常在国报国刊上发表评论文章。这般大才竟从北京专程来到天津,约我面谈修改意见。下班后我骑车一个小时四十五分钟,赶到赤峰道百花出版社招待所。身材修长、面目清俊的阎先生,面对面掰开揉碎了跟我讲怎样修改那篇文章。

好不容易见到这样的人物,我当然也有许多问题要请教,有的跟这篇文章有关系，有的与文章本身没有关系……谈话结束已经很晚了。我住工厂的单身宿舍，工厂在北郊工业区，天津城是南北狭长，天津战役的成功就因为采用了从东西两面进攻的"斩断长蛇"的战术。我骑着自行车是从蛇的七寸处到蛇尾，回到宿舍哪还睡得着，趁热打铁修改那篇稿子。改完抄清，天已发亮，干脆骑车把稿子又送到招待所。那个时候的社会风气真好，招待所大门虚掩，阎纲先生下榻的房间竟也不锁门，我如入无人之境，悄无声息直抵阎先生床头，把稿子放到桌子上，又悄悄退出，并未惊醒他的沉睡。或许昨晚我走后，他也开夜车了。我交了稿，心神大为松快，骑车回厂直奔食堂，四两大饼加两个炸糕，这一夜在长蛇上往返四趟，加起来骑车近七个小时，确实有点饿。上班后接到阎先生电话，对我的改稿表示满意。这次经历也让我铭记终生。

1983年《小说选刊》问世，在创刊号头条选了我的短篇小说《一个工厂秘书的日记》，并配发了阎纲先生的短评《又一个厂长上任》……这是真正的导师，非是现在把称"老师"当客气话挂在嘴头上所能比。

60多年来，我每次见到阎纲老师都毕恭毕敬。但太客气就难免会拘谨，话不敢多说。按天津卫的习惯，见面一抱拳，口称一两声"爷！爷！"有几分亲昵，又带点没大没小的痞味儿，后面就好办了。可以说正经的，也可以聊天，甚至八卦。至今，85岁以上的师友还有几位，在微信上无话不说的却只有两位，一位是87的林希，再一位就是90岁的阎爷。称"阎爷"，只两个字，如果老是"阎纲先生"，我老得拿着个劲儿，读者也累得慌。其实，不管论文、还是论寿，阎纲先生在当今文场都是爷爷辈！

回到正题。近得先生又一大著《我还活着》，心里陡然一震。泰戈尔说"我活着"是自喜、自惊。阎爷加上一个"还"字，是自信、自励，是宣示，是挑战。挑战生活与命运。

"活着"为什么？"活就活个明白，说人话，做人事"。

简简单单的大白话，却疾风暴雨，波浪滔天。这就是锤子式的句式，一锤下去，火星喷溅。

书中这种出语奇横的句式，海了去啦。写癌病房："满屋秃子！每人床前挂着几个吊瓶，不停地呻吟、呕吐……"

甚至调侃自己也如此："瘦猴一个，电线杆子一根，又暗自神伤。我属猴。""爱小目标不爱众目睽睽……越来越不如颧骨高高突起的马三立。"快然自适，气蕴盈溢。

再譬如："我还活着，我做证"。为谁做证？证什么？天知地知，你知我知。尽人皆可猜测，或许答案各有不同。可以肯定的是，是为当代文学做证，为作家做证。

这部书就是他的"证词"。

为柳青做证："半生顿踣，死后寂寞"，"梁生宝、梁三老汉不会过时，《创业史》不会速朽"。中国确确实实经历过一个"社会主义高潮"，《创业史》是那种语境下的"文学社会史"，写出了苦难深重的庄稼汉"在一种类似宗教的鼓动下的理想国、心灵史"，这样的表述是何等的精确、服人。

路遥和陈忠实都把《创业史》读了七遍。不知其他地方的作家，还有这样读本土前辈作家作品的吗？

路遥给《平凡的世界》画上最后一个句号，"疯子般一把推开窗户将笔扔了出去，扔得很远，叫喊：'这是为什么？'然后冲进厕所，对着镜子再行叩问：'我究竟为什么？为什么？'放声大哭。"以命搏文字，想不惊世都难。

阎爷引高建群赠路遥的话："文学是一种殉道，陕北高原是一个英雄史诗、美人吟唱的地方。"陕西才子成群。阎爷论一位陕西师大的教授："朱鸿三部，钩稽故实，于史补阙增容，于文散章别裁，质朴厚重，有乡党太史公之遗风"。

对呀，陕西文道是由司马迁开辟的。

连西安空军军医大学唐都医院退休的政委李亚军，"一年能写上百多篇散文"，已完成"百多万字"。牛汉说"散文是诗的散步"，他却是"诗的马拉松"。

陕西是文学的高地，也是文学的福地。已享米寿的文坛福星周明，邀约阎爷："阎兄，日月如梭，转眼就是百年，咱俩葬到一起吧。我家在秦岭脚下，有地，终南山隐士处、白居易'观刈麦'地，由你挑。"

他们是同乡、同学、同事、五七干校"五一六反革命集团"同案犯……做了一辈子的朋友还没做够，竟希望死后也葬在一起！在当今文坛上，还找得出第二对吗？

我极认可他为周明的画像："热爱生活，精力充沛，有求必应……是热心穿梭的'文坛基辛格'，从早笑到晚，越老越比儿子年轻，没大没小，人见人爱。他的命不大，谁命大？"澄怀创真，情谊酣畅，显示了两个人充盈的生命力。

阎爷为吴冠中做证："他丰满而瘦小，富有而简陋，平易而固执，谦逊而倔强，誉满全球却像个苦行僧。"句式如连珠炮，元气浑成，字字朗激。

为屠岸做证："乍看文弱书生，再看是大儒……满腹经纶的文场通才"，"历经乱世，两次自杀，屠岸还是挺过来了，思维敏捷，生活规律，不生闲气，比鲁迅健康，比托尔斯泰命大……"用十来个精妙的句子，把老诗人饱经磨难的一生概括得清和刚劲，又明快朗润。

我从阎爷写屠岸的文章中还获得一个很难学到的知识，当人在想到死神的时候，会有一种甜蜜的感觉，便渴望自杀。这是屠岸将脖子已经伸进绳套时真实感受……难怪当今世界很有一些人，动不动就自杀，特别是跳楼者，现场惨烈。原来在他们决定上路的一瞬间是"甜蜜的"，却害得身边的人无比痛惜。

我以为，评论的本质是交流。与读者交流，与作者交流，与文学史交流。阎爷的评论言简意赅，这本书里的证词大都是好话。但好话不多说，如排球场上对阵，讲究"短平快、稳准狠"。

因他"兴趣在大众文艺一边，痴心于大众文学、民间文化……"，所以他对作家极友好，精神刚硬强大，心地柔软和厚，故能以善为魂，以文为骨。良药不一定非得"苦口"，《随园诗话》云："凡药之登上品者，其味必不苦，人参、枸杞是也。……"同样是陕西大才的李建军有言："伟大的文学从来不是怨毒的。"

阎爷喜欢使用锤子式的语句，对响鼓要重锤，对业余作者小锤点拨。我第一次见他的时候正在车间当铁匠，大铁砧子后面站着掌钳子的，钳子夹着红铁，右手一把小锤，对面站着下手抡大锤，小锤点到哪儿，大锤紧跟着就砸在哪儿，其节奏是"叮当当，叮叮当"。当时我就感觉阎爷是拿小锤的，我是那个抡大锤的，他指哪儿我打哪儿。

如今敢说作家的好话，也需要勇气和正直坦荡的品格。因为现实的风气是不能公开说某个作家的好话，人心陷溺，文场也一样，你说张三好，会开罪不喜欢张三的人。你不知道现在的人际关系有多复杂，不是现实主义，是人人活得现实。所以聪明人想说自己小圈子里哥们的好话，都要用轻贬真褒或打情骂俏的方式。

我参加作协主席团的会十几年，非常奇怪这样的会上却极少谈及具体作家和作品，作家开会回避讨论作家和作品，岂不大怪？有一次讨论什么文件，我找不到新鲜词脑子一热，借机大谈《白鹿原》。会场骤然一片冷寂、僵硬，个个神色狐疑、凝重，气氛异常，好像是我在呼喊反动口号。我发言完毕不仅没有一个人接话茬，甚至连大气不敢喘，似乎等待着要发生什么事情？那时还不时兴开着会纪检委把人带走，主持人赶紧把话题转到该讨论的文件上，就好像刚才什么事情也没有发生，并没有一个姓蒋的人说了一大堆不合时宜的话。

散会后作协机关一个熟人悄悄对我说"子龙可爱"。他的表情却明明是在说"子龙犯傻"！吃饭的时候，因为没有酒，陈忠实端着碗菜汤，绕了一个桌子过来跟我"碰杯"。我明白他的意思。

阎爷不怕，有胆气，有真性情。文气通正气。古人云，歪风邪气写不出传世文章，有真性情才有好文字。他尖锐，识力深透，且看他的焦虑："我是乐观主义者，但对我国文艺界多多少少有些悲观。中国作家笔下的男人也好，女人也好，很难说都是成熟的角色。他们难得具备健全的、高质量的心理状态，并且亮不出健美的肉体、敏捷的活力和自然、未被败坏的'性爱'能力。所以，七七八八的隐私文学居然没有多少可以拿来与《廊桥遗梦》相比的，不怪别的，只怪我们土壤上生长出的往往是人工培育的生物，欠缺整体上的和谐，肉与灵分裂，性与情、情与爱分离，健康与美丽相悖。偷偷摸摸的婚外恋、猥猥琐琐的情话和性事何美之有？"

我非响鼓，也挨了他一记重锤。凡"中国作家"读到这段文字，都能掂得出分量，不能不反省自己的作品中有没有这些毛病。

老，是一门学问。所谓"活到老，学到老"。不是指到老了还能读书看报。想要老得漂亮，是要学的，学会怎么变老。《我还活着》就是一本教人怎样能老得漂亮的书。沧桑作笑谈，坎坷任纵横，神思感奋，逸兴遄飞……做过别人的贵人，自己也会遇到贵人。如此老境，怎不风光无限。

千年胡杨拐

去年盛夏，雨后负重外出，上台阶一脚踩滑，将右膝扭伤。当时疼痛难忍，竟动弹不得，被朋友送到医院一查，除韧带拉伤，右膝内还掰掉了三块小骨头渣，医生称其为"游离体"，在我的膝盖内游来游去，一旦卡在骨头缝里，随即就疼得不能动了。医生给出两个建议：一是在膝盖上打几个眼儿，把骨头渣取出来；二是鉴于我马上就80岁了，再养一段时间看，等消肿后疼痛会减轻……

我不能忍受膝盖被打眼儿，而且还是"打几个"，就选择了第二项。但不能因为一个膝盖内有几块碎骨头渣，就整天躺在床上装病号，时间长了整个人岂不待废了？于是毁了一把大伞当拐杖，有些实在推辞不掉的活动，顾不得形象难堪，一瘸一拐地去捧场。一老友见我挂着个破伞太难看，就在接我的路上买了根拐杖，很轻巧，拿在手里也省劲儿，以后凡外出就手不离拐了。

去年底在广州又见到当今笔记大家陆春祥先生，一位沉静而有真学问的人，他说我该换个好一点的拐杖。我知道该换个拐杖了，眼下这个拿着轻便，但短了一点，拄着它身体向右歪斜，老伴调侃我是"半倒体"，几次想拉我去买可手的拐杖，我一直拖延，总觉凑合几个月就好了，我不可能余生就离不开棍子了。很快新冠疫情暴发，封在家里不能外出，拐杖也可有可无了。

今年夏末，陆先生乘热销的新著《九万里风》，逍遥游到"活着三千年不倒，倒后三千年不烂"的胡杨木最集中的额济纳，为我买了一根千年胡杨木拐杖，千里迢迢地快递给我。打开包装时我惊呆了，这是一件宝物，一件奇绝的艺术品。满长一米零二，很有些分量，拄着正称手，还可防身。因是千年老木，铁干铜肤，通体深黄泛紫，唯峥嵘古木上布满大小不等的节疙瘩，呈铁红色。其形状酷似花朵，大的如玫瑰，中等的似百合，小的如花蕾或大枣、蚕豆。看着像花朵样，摸上去却如钢铁铸就。千年来啸风吟雨，汲取日月精华，老胡杨木质坚硬，状如龙盘劲节，拿在手里似龙蛇在握，仿佛一不小心会擎空腾掷而去。

有了这样的拐杖，抬脚动步就离不开它了，不用会觉对不住陆先生高情厚谊。于是我恢复散步的习惯，每天清晨陪老伴去菜市场买菜，前三五百步右膝疼痛而僵硬，千步以后疼痛大减，腿脚也灵便许多。还有一个外在因素，让我不得不手拄龙蛇杖、昂头挺胸做潇洒状，因为到哪里都有"回头率"了，人多的地方有时甚至会"众望所归"。千年胡杨木或许有不为人知的强大气场，让人们无法忽视它，有见面熟的人竟主动上前搭讪，甚至想摸一摸我的胡杨老拐。我自然乐意让别人分享这难得一见的奇木，借机也可炫耀一下千年胡杨的传奇。

过了一段时间，我发现右膝内的"游离体"不再轻易就往骨头缝钻，而且骑自行车和游泳都不疼。原来这是一种"懒伤"，越懒越疼，动起来反而好得快。于是我又恢复了游泳，每天傍晚游一千米，特意买了把链条锁，将胡杨木杖锁在泳池旁边的管道上。第一天去，几乎所有的泳池救护员，都试挂和把玩我的拐杖，并因此都跟我熟识了。原来手持此杖，我这老家伙不再被人躲之唯恐不及，与人交流变得更容易了。

千年胡杨木的灵气，助长了我的活力。陆先生赠拐，如同赠腿，令我感念不已，遂行文以记。

智者的底牌

　　《三国演义》是一部浩大的经典，不仅历代评书艺人百说不厌，被改编成数百种戏曲常演不衰，前人今人对《三国》该说的似已说尽，该论的也已论透，若还想再评论此巨著，是不是太难了？难不难要看评论者的才力、眼力、功力，还有所站的高度，所选的角度。

　　近读李景林先生的《笔谈三国》，钦服他选择了一个人们熟视无睹又奇诡刁钻的视角，发前人所未言，多惊人之论。如：《三国》的大放光芒，不是那个时代的闪光，是三国人物智慧的闪光。《三国》是智者书，书中智者如云，是斗智斗勇的绝唱。然而，"在阴谋的时代，智者多是阴谋家。"简而言之，历史就是"阴谋史"。历史转折、朝代更迭，往往伴随着阴谋。阴谋成功就是智慧，阴谋败露，则成愚蠢……

　　此等识见可证作者才思疏爽，妙言精辟。读之振聋发聩、令人联想无限。但，凡智者都有"底牌"，老底一露，便成蠢货。想想天下那么多自作聪明的蠢货，是不是这个样子？如蒋干过江，其用心昭然若揭，于是被周瑜玩弄于股掌之中，纵其盗书，随之借刀杀了曹军两个重要的水军头领。人们常言，中国人都是人精，都是暗箱操作的里手，一看满纸权谋智斗的《三国》就会心。李景林点透了这种"会心"。

那么《三国》中谁是第一智者？恐怕众口一词都说是诸葛亮，连罗贯中也是按照这个想法写成的《三国》。其实正确的答案应该是：鲁肃。以忠厚包裹着大智慧，不给人以人精的感觉，方是大才。在诸葛亮的《隆中对》之前，鲁肃已经为孙权谋划了这一大局、大势，他首先断定"汉室不可兴，曹操不可卒除"。后来历史的发展证实了他的论断何其精准。而诸葛亮晚年就死在忘记了"深固根本以制天下"的道理，知其不可为而为之地要复兴汉室，底牌尽泄，还逆势而行，六出祁山，以弱攻强，赢了一些战役，却输了战略，丢了自己的底线，遂使当年自己设计的《隆中对》化为泡影。"智者善谋，不如乘势"，诸葛不如鲁肃，此其一。

有了汉不可兴、曹不会灭的两个前提条件，孙权该怎么办？鲁肃继续说："为将军计，唯有鼎足江东，以观天下之衅。今乘北方多务，剿除黄祖，进伐刘表，竟长江所极而据守之，然后建号帝王，以图天下，此高祖之业也。"孙权闻言大喜，披衣起谢。后来东吴的发展，完全验证了鲁肃的谋划。当曹操大军压境，"孙刘联合抗曹"的大计，最初也是鲁肃设计的。东吴的大多数谋臣力主降曹，唯鲁肃一言给孙权吃了定心丸："众人皆可降曹，唯将军不可降曹……众人之议，各为自己，不可听也。"他们投降了曹操，原是将军的还当将军，原是谋士的还当谋士，你哪？你的江东霸业就完了。随后才有鲁肃亲自过江，借诸葛亮一张利口"舌战群儒"，形成"孙刘联盟"。鲁肃一直坚守着自己的"底牌"，是诸葛亮的伯乐、保护神。肃胜亮一筹，此其二也。

李景林甚至词辩纵横地宣布：《三国》作者没看懂鲁肃，《三国》中人物也不懂鲁肃。"大智慧要用在大地方，即"君子谋国，小人谋身"。鲁肃是大智慧的代表，杨修则是"聪明反被聪明误"的典型，自以为摸透了曹操的底牌，小巫见大巫反丢了自己的脑袋。

《三国》中众多智者的"底牌"，是围绕着"忠"与"奸"展开的。书中"奸"的一大帮，他们"奸"的方式不同，各有花样，仅以曹操为代表。曹操大奸，"割发代首""梦中杀人"等等，大奸之行不计其数。信奉"宁我负天下人，不让天下人负我"的人生哲学，"多智，不道，不德"，却也有迂阔、忌惮的时候。他"挟天子以令诸侯"，后来却把自己也"挟"住了，完全可以废掉汉献帝，自己坐天下，却不想重复董卓以及历史上项羽杀义帝的错误，做着实际的天子，却不敢顶天子之名。实际是不敢突破自己的底线。等到他儿子曹丕接班，就不再装了，轻而易举地结束了汉朝，自己登基称帝。但曹家"富不过三代"，皇位被《三国》中大奸而又大阴的司马懿夺去。可见善谋之人须有"三知"：知人于平时，知势于未发，知机于险要、困厄之中。

刘备则不能简单地划在"忠"或"奸"的队列中，他是大伪："后园种菜""三让徐州""携民渡江""摔阿斗"……连"复兴汉室"这张大肆宣扬的"底牌"也半真半假，汉室若真的复兴，他是当"皇叔"，还是坐龙位？刘备也有动真情的时候，如关羽死后的悲痛和愤怒。但他一动真情就玩儿完，被火烧连营，一命呜呼。书中感叹是"天命如此"。其实，天是自然的规律，命是社会规律。而人类不过是自我认知的囚徒。

《三国》中"忠"的也有一大群，但"忠"的层次千差万别，命运各不相同。世人都鹦鹉学舌地说"性格决定命运"，不如说"决定命运的是认知。"关羽是《三国》里忠义的化身。古今评《三国》的人都认为他失荆州是因为"大意""傲慢"。李景林却揭开了关羽"愚忠愚义"的底牌。曹操听从司马懿的主意，利用孙、刘矛盾，挑拨孙权攻取荆州。诸葛瑾力排众议，反而过江要与关羽结亲："吾主吴侯有一子，甚聪明，闻将军有一女，两家结好，并力破曹。"这确是一桩美事，倘若关羽应允，既门当户对，孙、刘两家可有相当长的时间修好，关羽也不会有后面的头颅与荆州尽失，致使刘备智慧失灵，心火泛滥，兴兵复仇反遭惨败。所谓"三足鼎立"的蜀国元气大伤，以至于先亡。

关羽不是"忠义冠春秋"吗，何以不懂得这个道理？皆因他觉得跟亦敌亦友的孙权结成亲家，是对刘备的不忠，甚或让他们兄弟君臣间生出间隙，所以才用带污辱性的语言断然拒绝："吾虎女安肯嫁犬子乎！"一下子让东吴摸透了他的"底牌"，他对刘备的"忠"是没有底线的，这样的"忠"是可以被利用的。"底牌"往往成"生死牌"。忠义有大小、智愚之分，真正的忠义在于"知利害，知胜负，趋利避害"。因此，忠义成就了关羽名声，也要了他性命。桃园三兄弟亦如此，成于结义，败于结义。

"历史常常惩罚那些玩弄机会的人"。而令人们无法理解的是，历史往往把机会送给一个无法驾驭机会的人，使历史的车轮倒转。《三国》中种种经典的"智斗"，包含着一种强大的力量和最多的世间真相。历史是现实的良师益友。

《三国》里唯一完美的人物是赵云，因其有大忠大义。说白了就是不仅有大勇，还有上智。勇气只能帮助人迈出第一步，以后还要靠智慧和运气，方能无往而不利。"智能发谋，其谋有三：为谁谋，因何谋，如何谋。"赵云乱世走天下，先投有势力又可以救国救民的大军阀袁绍，"见绍无忠君救民之心"，在危难中救了公孙瓒，并误认是英雄，后来发现也只不过是袁绍之流。

他怀着失望之心，在战乱中看到刘备之军秋毫无犯，受百姓拖累几近绝境，也不舍弃百姓。赵云觉得这才是有"忠君救民之心"的明主，便铁心投在刘备麾下。此后铁胆忠心，立功无数。但赵云的"忠"，跟关羽的"忠"大不一样。关羽的忠是刘备说什么都是对的，刘备做什么都要跟随。赵云则不然，刘备在益州站稳脚跟，欲将成都有名田宅，分赐诸官。别人都在争赏，唯赵云犯颜直谏："益州人民，屡遭兵火，田宅皆空，今当归还百姓，令安居复业，民心方服。不宜夺之为私赏也。"

关羽被杀，刘备执意举大军报仇，又是赵云出面劝阻："汉贼之仇，公也；兄弟之仇，私也。愿以天下为重。"刘备若听了赵云之言，怎会有后来的大势已去。足见赵云的"忠"，并非忠于一人，而是忠于"公"。这个"公"可以是国家，也可以是人民。这是他的底线。所以尽人皆夸"赵云一身都是胆"，他的"胆"就来自坚守着自己做人的底线。

《笔谈三国》慧眼辽阔，内含醒豁，字外之意缭绕，读罢受益良多。

爱的墙

　　文学讲座的惯例，最后要留出半个小说的时间与听讲人"互动"，讲座一般对社会开放，听讲的什么人都有，提的问题也五花八门，有些跟文学并不搭界。

　　曾有一位姑娘的问题，格外让我感兴趣：她爱上一个还没有成名的网络作家，但那个人写小说下笔千言，天花乱坠，却不会给她写情书，发微信总是非常简单枯燥。

　　我想对她说，发微信能写多长，现在写情书也有点过时了，再说写情书只给你一个人看，没有点击量呀……想想自己要充当的角色，便忍住那些想开玩笑话，努力搜索枯肠要表达得严肃一些。

　　作家是职业写作者，但作家也有写不了或不想用写作表达的时候。作家写不出来的东西，也许正是最沉重和最值得珍惜的。人们很容易觉得作家要想表达什么是极其容易的，而写得太多，很容易容易让人分不清是在创作，还是在生活？是真话，还是虚构？

　　而一个正常的女人，有着所有正常女人应该有的向往和需求。问题出在如果太丰富，想有不同寻常的爱，又想有正常的结果，这就难了。世间真正刻骨铭心的爱多是没有结果的，因其没有结果反而能受用终生。一旦有了结果，很容易变成柴米油盐、鸡零狗碎，所向往的爱就会渐渐地冷却，然后是淡然、漠然。最好的结局也不过就是被习惯和责任取代。许多人甚至连这样的结果都得不到，由失望而争吵，最后分手，连同过去的许多美好也葬送了。

关于爱情的大道理，经典作家说得太多了，我讲不出更新鲜的话。我最欣赏陈寅恪的爱情观，他说：爱情分五个等级，"一等爱情是爱上陌生人，可为之死；二等爱情是相爱而不上床；三等爱情是上一次床而止，终生相爱；四等爱情是相守一生；五等爱情是随意乱上床。"我想当下正流行"五等爱情"，不能享受"五等爱情"，却要求对方有前三等爱情的精神境界……

话题一扯开，我不能就事论事，越具体越说不清楚，干脆笼统地谈一个她苦恼的根源，即只认为爱就该亲密无间，忽略了一对男女的爱中间，是有一堵墙的。正是这堵看不见的墙的存在，才有了陈寅恪先生所说的前三等爱情。

所谓的"墙"，在刚一开始的时候就存在。最初的犹豫不决，皆源于对这堵墙的无奈和恐惧。当爱足够强烈的时候，就看不到这堵"墙"了，看到了也不在乎。当心里有了委屈感，害怕自己所经历的爱不可能有结果的时候，那堵"墙"就凸现出来，变得不可逾越了。

而且这堵墙，还是玻璃的。呵护得好，擦得干净明亮，像没有墙一样。一旦弄脏甚或碰撞出裂纹，就再也难以弥合得完好如初。

当初选择爱时，就应该也选择了对方这个人和他的生活方式。为什么爱了一段时间，甚至在一起过了很长时间的日子，才会觉得不对头，乃至一阵阵地感到对自己不公呢？不一定都是对方变了，变的也可能是自己，外在和内心都有了相当大的压力。

人不光需要爱，还需要别的，特别是需要一种能存放爱的堂堂正正的形式。所以爱而不能结合的人，关系总是非常脆弱。感情不够强大和粗糙时，就变得敏感多疑，容易为一点小事破坏整个情绪。破坏后修复得还慢。不再像以前那样，即便是电闪雷鸣，很快也能云开日出。

　　无论多么牢固的感情也经不住抱怨，抱怨就是在给自己的爱砌墙。

　　当相处变得被动和无所适从，心中没有底，完全听凭情绪的驱动，感情就变得危险了……

　　我越说越空泛，这样空对空地聊下去，如何收尾？最后还是要把话题拉回来：爱中间有堵墙，是我听了恋爱中的姑娘在感情上还有这么多苦恼，临时想出来的词儿。不记得经典作家，也就是会写情书的那些大家，以及各类爱情专家们，是不是也有过这样的说法。

　　所以，我建议那位姑娘理智地掂量一下自己的爱情，有没有墙？有墙也不怕，一是彻底清除，二是学《西厢记》里张生的办法，翻墙而过。如果前两条做不到，还有第三招，惹不起躲得起，三条腿的蛤蟆不好找，两条腿的人有的是。不可死撞南墙，把自己撞得头破血流。按陈寅恪先生的教导，去追求前三等爱情。

　　不管结局如何，实实在在地爱过一次，都比从来没有爱过要幸运得多。

群众演员

　　曾有幸走进一座庞大的影视拍摄基地，真是眼界大开，或曰"脑洞大开"。真真切切地感受到社会进入娱乐时代，需要庞大的演艺业支撑，也就是广泛的演出娱乐活动，以支持"文化产业"在 GDP 中所占的比例。

　　不禁想起曾被称为"作家富翁"或"富翁作家"的张贤亮，可能是中国最早开办影视城的，免费给拍摄者提供方便，但拍摄完成后要留下一些影视剧中的服装道具、影星的照片等等，无以计数的想当演员或对演艺有兴趣的群众买票参观影视城，以窥明星们的拍摄花絮……也因此成就了张贤亮的致富传奇。

　　娱乐时代的一个重要标志，就是"群众演员"兴盛，队伍庞大，且各色人等花样齐全。群众即演员，演员即群众。拍摄基地大门口内外似乎永远都有相当数量的"群众"，等待成为"演员"。在这里，"鲤鱼跳龙门"不再是神话，已经大红大紫的明星，有些当初就做过群众演员，甚至就是从拍摄基地的大门口"漂"出来的。

全国每年仅电视剧就拍摄成百上千部，据传前年只一部《外来媳妇本地郎》，就要突破3100集。更别提层出不穷的"抗日神剧"。影视屏幕上每天少则两三部，多则十来部，赶上日本投降或抗战爆发的日子，鬼子形象几乎霸占了荧屏。给人的感觉是随便在大街上抓个人，就能驾轻就熟地演好日本鬼子，而且还能活灵活现地展示鬼子的阴毒、狡诈和残暴。

"鬼子"出演员，演"鬼子"易出名，似乎也是一条混迹于演艺界的"捷径"。记得在"文革"前的老电影《平原游击队》中，扮演日本鬼子松井的长春电影制片厂演员方化，被称为"演活了松井"，那个时候能在银幕上演好鬼子的似乎就他一个人。是那时候的人心里不够坏、演好坏人不容易，还是那个时候人们的表演技巧不够高？

或许人的现代性，除去科学知识的丰富与发展、人性的复杂与开放，还包括演艺潜能的极大开掘。再加上商业社会无孔不入的诱惑，演而优则富，出名就有利，而表演似乎是娱乐时代名利双收最快捷的途径。所谓"一剧成名""一夜成名"的致富故事多发生在会表演的人身上。

有个口号曾经呼喊得非常响亮，即"从娃娃抓起"："足球要从娃娃抓起""环境保护要从娃娃抓起"……这么多年过去，"从娃娃抓起"大见成效的唯有表演。过去六七岁能登台演出的"六龄童""七岁红"凤毛麟角，如今三四岁就在各类演艺节目中走红，然后走穴演出的不计其数，各地电视台的娱乐节目都少不了各种童星。而且年年岁岁还在一批批不断涌现着各个门类的"小人精"。所以从成人群众中抓一个就能演日本鬼子，又算得了什么？

然而会演戏的又岂止是年轻人和娃娃？现代表演也不是舞台和影视荧屏所能局限的，大街上随时都会有精彩的演出。比如"碰瓷"，已经碰得老年人在公众场合摔倒，无论真假都没人敢扶了，甚至还在社会上引起一场不大不小的争论："是老人变坏，还是坏人变老"？

还有行乞的、诈骗的，个个都有一套演技。群众不必进摄制组就可以靠表演赚钱，是越来越多的"职业哭丧者"，让本来是一种水到渠成的感情流露，变成实实在在的痛哭表演。因现代"孝子们"常不会哭，或哭不出来，而这些八竿子打不着的人却能哭得昏天黑地，一把鼻涕一把泪地强化了治丧的悲哀气氛。

"花花世界"，越花越不嫌花；越是"无奇不有"，人们越是出奇、猎奇。不仅哭可以成为一种表演，再配以嬉笑怒骂、唱念做打，在娱乐至上的现实生活中，擅长表演没准真能混成个人物。

文 债

作家欠文债，习以为常。但有一种债极沉重，会让你背负一生。我就欠了一笔这样的债。1985年秋，接到冯牧先生的信：

> 许久不见，时在念中。前些天我去内蒙古，在火车上一夜读了你的《燕赵悲歌》，害得我一晚未睡好。这篇东西，我以为是近年来难得一见的佳作，它的影响，可能再过一段时间才会看得明显。希望你再鼓余勇，多写几篇这类令人荡气回肠之作。有一事相请：作家出版社开张了，明年要出一本大型刊物《中国作家》，初定了要我来管事。我不想一亮相就打不响头炮。因此，恳切地希望你为这个刊物写一篇（无论长短、无论题材）作品，作为对作协的支持，也作为对我的支持，使我不至于在去到后就陷于困境。现在已经够"困"了……十月的中美作家会，还要烦你来参加助威，谅无推辞。

冯牧先生是中国作协的领导，我只是地方上的一个普通作家，这封没有官腔、没有套话、诚恳、平等的约稿信，给了我巨大的压力。因为冯先生对我还有知遇之恩，1979年，我生活的城市市委机关报，连续用14块版批判我和我的小说，无论大会小会，市委主管文教的书记只要开口讲话"必先批蒋子龙和他的乔厂长"。而冯牧先生在北京公开支持我，肯定我的小说，并亲自主持讨论会。因此我们市的那位文教书记在一次全市的干部大会上，竟点名批评冯牧和陈荒煤二位先生，还把曾担任过原文化部副部长的陈荒煤说成"陈煤荒"，成为文化界的笑话。

　　1982年冯牧先生率领八七位中国作家赴美国参加第一次中美作家会议，历时一个多月，我得以接触和近距离观察他，雅博多识，厚善大气，是领导群中难得一见的谦谦君子。主持中美两国作家会议，其中有已经获得世界声誉的美国大作家和"美国颓废派的领袖"，还有诸多旁听的学者和作家，冯牧先生竟是从容温润，游刃有余，赢得美国作家的赞誉，于是才有了后面许多年的中美作家的交流。

　　那时我还是个工厂的业余作者，从冯团长身上学到很多东西，长了见识，特别是待人的那种自然雍和、心地清明。此后不久，我被强行调离工厂，到天津作协"主持日常工作"，操办的第一文学报告会，冯先生从北京赶过来为我撑台，以至于想听他报告的人太多，大厅挤不下，只好临时转移到礼堂。这样一位有恩于我的前辈向我要稿子，我当能不受宠若惊？他虽然在信里说"无论长短，无论题材"，我却不能以一篇短文或随意写个短篇去应景，他如此高抬《燕赵悲歌》，我必须拿出一个不低于这部中篇小说的作品，才对得住前辈的嘱咐。

　　但，我当时的创作状态在长篇里，曾专为此放下长篇写了两个中篇小说，自觉都不是很理想，不敢寄给冯先生，只得又拾起长篇……就这么一拖再拖，转眼两三年过去了，大约是1988年夏，接到冯牧先生第二封催稿信：

> 我不久前开了刀，还在休养。我们的情况你可以想见。写信给你是想寻求你的支持，免使《中国作家》面临危境。因此你曾答应支援的大作，希能抓紧时间搞出来，以便赶上第五期（这一期是关键，影响到明年我们的命运问题）发表。最佳时间，也可能是最紧张的时限，是六月底或再拖两三天，否则工厂就会出麻烦。这是关系到我们这个多灾多难的刊物能否生存下去、不被挤垮的大事，千万请你帮一下这个忙。

我当即回信，讲明自己的全部兴趣和精力都用在长篇上了，还有半个月的时间怕长篇收不了尾，实在不行我可以把长篇的前半部先寄去……因为没有最后完稿，我对这部书能否配得上前辈的厚望和《中国作家》，心里没有底。没有接到冯先生的回音，但社会有一种文学以外却又与文学息息相关的气氛越来越紧张，文学刊物的质量已经无关紧要，很快就进入 1989 年，所有刊物都停了。我的创作也停了，我本来在写作上就没有大志向，于是停笔，天天到海河游泳。

到文学秩序渐渐恢复正常，刊物陆续复刊，我又因 1989 年文学以外的事情，和发表当时被称为"敏感人物"的王蒙、刘心武小说被撤掉《天津文学》主编，我自然知趣地也给作协主席团以及宣传部写信，辞去天津作协主席的职位。当时无论是被撤职还是辞职，都不是简单的事，又折腾了两三年，我才真正全身心投入创作。

但冯牧先生已遽归道山。我欠先生的账却不敢忘，长篇小说《人气》完稿后，寄给了他创办的《中国作家》。几年后我自己最看重的一部书《农民帝国》，也照样给了《中国作家》。倘若冯老有自己的墓地，而不是位列八宝山，我当到他的墓前焚烧这两部书稿以祭。令我意想不到的是，《农民帝国》获得了"鄂尔多斯文学奖"，并授予我"鄂尔多斯荣誉牧民"的称号，随赠一匹鄂尔多斯草原上的马。

中国文学刊物多，奖项也多，我写作大半生，自然也获得过一些奖励，其中令我觉得最沉实而具冲击力的，就是鄂尔多斯文学奖的奖杯——它是用青铜制作的一尊"苏鲁锭"。此物原是安放在成吉思汗的金帐顶部和大旗的顶端，代表战神和至高无上。鄂尔多斯是成吉思汗的永生之地，取"苏鲁锭"代表鄂尔多斯，立意不俗。

我还十分珍贵鄂尔多斯草原上"荣誉牧民"这个称号。我来自农村，当过农民，眷恋土地，喜欢庄稼、草原和"六畜兴旺"，曾写过一篇文章《去趟草原一年不生气》。许多人都认为，草原能治疗忧愁、抑郁和愤怒。颁奖大会就在鄂尔多斯乌审旗举行，这里原是大夏国的国都所在地，时称"统万"。十六国时期，匈奴左贤王刘卫辰与桓文皇后苻氏之子赫连勃勃，姿容俊美，多谋善战，东征西讨，攻南凉、灭东晋，创建大夏国。天津才子梅毅，以"赫连勃勃大王"的名号叱咤文坛，连中国作家协会换届，都被多次推举做总监票人。

乌审旗的发奖会，也是至今我见过的最盛大的文学颁奖典礼了。在草原上搭起一个主席台，主席台两侧是观礼台，因为颁奖穿插在大型文艺表演之中，吸引了从四面八方聚集来的牧民，台上台下可谓人山人海。从鄂尔多斯草原各部赶来的马术队、摔跤手、乌兰牧骑演出队以及穿着漂亮的各种样式和花色的蒙古服装的模特队……在草场上举行了隆重的入场式，草原上一片欢腾，几十匹骏马依次风驰电掣般一圈圈掠过主席台，骑手们在马背上闪转腾挪，上下翻飞……演出中有两个年轻小伙子演唱"二人台"，模拟一对老夫妻斗嘴，嗓音高亢婉转，响遏行云，又惟妙惟肖，极是入耳入心，使我迷醉。不禁想到冯牧先生懂戏，尤爱京剧，自己也能唱。我曾在《厉慧良传》里见到一张照片，冯先生站中间，右边是厉慧良，左侧是关肃霜，能让这两位京剧大才如此敬重，足见冯牧先生的"票友"水平和在戏剧界的地位。这个发奖会有他在，会更圆满……我正走神，似乎听到主持人喊我的名字，但听而不闻，并未意识到蒋子龙跟我有什么关系。待现场沉寂下来，经旁边的人提醒才回过神来，赶紧起身离座，急步驱前领奖。

热闹归热闹，兴奋归兴奋，但发奖会自始至终我都在怀念冯牧先生。这一切都因他创办了《中国作家》，才有了跟鄂尔多斯的合作及这样的发奖会。我想《中国作家》的编辑们和我一样，心里是把这个盛大的发奖会，以及苏鲁锭杯和马，献给冯先生，或者作为对他的纪念！

妙人高晓声

近读张新颖妙文《恩师贾植芳》，文中讲了一桩趣事："贾先生和高晓声是一对奇特的朋友，两人一见面就有很多话要说，都说得很兴奋，但他们两个人其实都听不大懂对方的话。贾先生山西腔，高晓声常州话……"

我似乎能够理解这种境界，上个世纪80年代初，在北京领一个短篇小说奖，那个年代习惯以题材划分作家，我是写工业的，高晓声是写农村的，于是我们就"工农结合"，经常在一起，话也比较多。他听我的沧州普通话似乎问题不大，我听他的常州腔就有点像智力测验，他想让我听懂就放慢语速，一旦他谈兴上来进入最佳状态，妙语连珠，我就只能连蒙带猜外加心领神会，却同样会被感染，不忍打断他的节奏。

有一年陆文夫在苏州组织了一个大型笔会，请了全国十几位作家参加，那天下午游太湖，高晓声拎着个兜子，把我拉到湖边一个清静的地方坐下来。面对太湖，背靠大石，时值仲秋，舒适而温暖。他从兜子里掏出两瓶绍兴酒，原来他是有备而来，我们两个就一人一瓶，边喝边聊起来，好不惬意！

他对我说，刚从美国回来不久，在美国曾住在一个朋友家里，那是一栋三层小楼，进屋前先把鞋脱在门口。第二天上午要出门参加活动，高晓声发现来美国刚买的新牛皮鞋只剩两个不完整的鞋底了，鞋帮被主人家拴在门口的狗给吃了。是狗在夜里太寂寞，还是它实在难以抵挡中国男子脚上的汗渍混合着新牛皮的诱惑？高晓声的脚十分秀气，只能穿 38 号，主人拿出自己的鞋他都穿不了，只好开车拉着他去买鞋。

孰料在美国要买到一双男子 38 号也不容易，几乎跑了大半个城市才找到一双晓声能穿的鞋，总算把在美国的访问程序撑下来了。如今我用文字这样表述似乎并不逗笑，当时听他亲口道来却逗得我大笑不止。我笑他也笑，就在说说笑笑中酒喝光了。一人一瓶太少了，论酒精的度数跟啤酒差不多，我根本没当回事，可我们两个不知什么时候竟都睡着了。

等到再醒来天已经很黑了，有人在湖边大声喊叫："高晓声！""蒋子龙！"原来大队人马游完太湖，回到宾馆吃饭时才发现少了两个人，一查是我们俩，赶紧又回来找。

还有一回，也跟酒有关。1982 年，康濯老先生从全国各地请了 30 位作家到湖南采风，其中酒量最大的当数《红色娘子军》作者梁信，肩扛大校军衔，沉雄健硕，一看就是海量。其次是四川老诗人戈壁舟，他们几乎是顿顿离不开酒，有时连早饭也喝上两口。

那天下午参观桃源，晚上当地一位年轻的女领导宴请大家。一开始女领导自称不会喝酒，喝着喝着兴致高涨起来，却放过戈老，换成大杯单挑老梁，一对一地干了一杯又一杯。老梁豪气十足，显然没有把这个小女子放在眼里。最后女领导喝酒如喝水，面不改色，直到梁信喝得醉成一摊泥才收场。原来女领导保护戈壁舟也是别有用意，戈老字好，散席后请他到另一间大房子，笔墨纸砚点心水果饮料都准备好了，据说戈老一直写到凌晨。

第二天吃早饭时，戈、梁二老都没有露面，大家自然要谈论昨晚的酒宴，高晓声不紧不慢地总结了一句话："女人上阵必有妖法！"

——这句话立刻在文坛上传开了，成了文人在酒桌上的醒酒令。至今我一看到在酒宴上有女人端杯，立刻就想到了高晓声的这句名言。

良溪古村史

宋高宗登基的1131年，即绍兴元年正月十六的深夜，由一个叫罗贵的人率领三十六姓九十七人，自南雄乘竹木筏，顺浈江水漂流而下，途经同古洲、明凤岭、岩前等地，经历了种种意想不到艰难险阻，最终南迁至新会葫底，即今日的江门棠下镇良溪村。

罗贵祖籍山西太原，祖上为开国元勋，可世享虚衔。为躲避战乱和饥荒，先迁至南雄保昌县，却总觉非久居之地。罗贵颇有乃祖遗风，乐善好施，沉机有谋，考取秀才后，却无意仕途，趁年关贺春，在家中宴请他所居住的珠玑巷乡邻。

酒过三巡、菜过五味，他说出自己思忖已久的想法：远闻南方烟瘴之地，土广人稀，田多山少，堪辟住址。未敢擅自迁移，邀约大家一同向南而行，"但遇是处江山融结，田野宽平，及无势恶把持之处，众相开辟基址，共结婚姻，朝夕相见，仍如故乡也。"

——雄才命世，大德鸣春。世态、心态、生态——三"态"紧凑，于是一呼百应。

古代农民，积累了千百年的生存经验，懂得一个朴素的道理：土地是立足之本，劳动是养家之道。罗贵们的迁徙成功，鼓舞了粤北南雄的民众纷纷南下，就近、就便进入珠江下游的肥土地带。天地之大，各适其适，他们结草为庐，辟土种粮。

　　生命就是幸存，移民不断地繁衍壮大，并陆续分散到广州、肇庆、惠州、潮州、韶关等地。

　　在罗贵到达萌底之前，当地曾有两户人家住在山上，罗贵选了一处背山面水的地方建村，形成长弓，负阴抱阳，充气为和，把原来的那两户也从山上请下来入村。后因萌草已灭，而村边的溪水清流涓涓，养育一方，于是重新给村子定名为"良溪"。

　　祖籍中中原的罗贵，却理所当然被尊为"良溪始祖"。

　　由此，珠江三角洲的人文地理也开始渐渐形成。因江门正好处于粤东的中心位置，向被誉为"珠江三角洲的源头"。千百年下来，罗贵发动的"南下大潮"中的移民，已成为广府民系的主干，江门顺理成章成为广府文化的中心城市。至道光六年的进士、文武兼备的罗天池，罗家已成为"粤东四大家"之一。

　　至今江门良溪村还耸立着高大坚固的罗氏大宗祠，内悬一联："发迹珠玑，首领冯、黄、陈、麦、陆诸姓九十七人，历险际间尝独任；开基萌底，分居广、肇、惠、韶、潮各郡万千百世，支流别派尽同源。"

　　可见，一个人在某一个时代迸发出的光芒，其实就是那个时代的光芒。这光芒甚至会超越那个时代，当你走在良溪村的千年古道上，就会对此有强烈的感受。古道一丈多宽，青石铺就，历经千年，踏痕深刻，中间光滑。

　　古道两旁是数百年以上的老楼，老而弥坚，底部均垒砌着长条石，上部是清一色的青砖，多为两三层，间或有高出一头的四层楼。墙面平整，楼角垂直，门楼挺拔，上面的雕刻大多保存完好，楼群难得一见有破损之处。

其中一栋楼的外墙石头上，刻有几行字：

> 此屋及斗底，均係茂仁祖之業，
> 不典不當不賣不按接等。特此说明。
> 光绪叁拾壹年九月初七。
> 罗懷德堂谨此。

罗家这一"不典不當不賣不按接"，竟使这一片良溪古楼、古道成为"世界文化遗产"和国家的"5A 景区"。当你置身在这古建筑群中，却不能不产生今夕何夕的恍惚，这个良溪村是怎么躲过了近百年来一场接一场雷霆般的政治动乱？尤其是打砸抢烧的"破四旧"运动？

或许只有到江门特殊的地域文化和民风民俗中去寻找答案。江门别称"五邑"（即所辖新会、台山、开平、恩平、鹤山五县），这五个地区，人文风俗一模一样。传承有道唯存厚，在传统文化习俗中，尊严最是重要，懂得维护历史和古人的尊严，今人也会有尊严。

良溪古村厚文，所以随处都可看到保存完好的历史和文化的尊严。

情书种种

在人类的交往活动中离不开一个"情"字，学会了发声，就有了情歌；发明了语言，随之也学会了说情话；创造了文字，便有了情书。发乎于情，困乎于情，心思用尽，好话说尽。当下手机普及，写信的人少了，但"微信"也是信，一朋友为人保媒，女孩子气质不错，喜欢传统文化，给男青年写信，也希望男青年能亲笔回信。

男青年极中意女孩子的温婉清丽，却对自己能不能写好情书没信心，急火火向我的朋友求助，朋友图省事又推给了我，我叫男青年去读仇润喜著的《邮人说信》，此书堪称世界情书大全，分析了古今中外各式各样成功的和失败的情书，读过该书自然就会写很漂亮的情书了。那男青年心急火燎，说远水不解近渴，让我先教他几招救急，以促成眼下的好姻缘。于是我向他讲了情书的几种写法。

可就地取材，利用自己的工作优势炫耀才智。比如一位地理教员的情书里有这样的话："你是东半球，我是西半球，我们在一起，便是整个地球！"数学教员受启发，也照猫画虎："亲爱的，你是正数，我是负数，我们都是有理数，就该是天生的一对！"化学教员看他们都成功了，就也学这一套花言巧语："你是氢 H，氧 O，我们的结合便是水 H_2O 了。"没想到他的女朋友缺乏幽默感，且格外认死理，回信跟他断了关系："怎么有两个 H，还没结婚就有了第三者！"

写情书也需要创造，需要根据自己的具体情况出新，照抄照搬别人的老套路容易误事。如，以多取胜，烈女怕缠郎。法国画家列克鲁尔，在给情人的情书中就只要一句话："我爱你！"然而他把这句话重复了 187 万次，这可是个工夫活啊！没有点磨洋工的劲头坚持不下来，他恰恰就是靠这种泡蘑菇的工夫打动了对方。大家都知道，1974 年冬，70 多岁的梁实秋邂逅了小他 30 岁的歌星韩菁清，头两个月就写了90 多封情书。后来越写越多，去世后编成了厚厚的足有六百多页的一大本。

工于心计，出奇制胜。每到世界杯期间，时髦的女孩子们都一窝蜂地想嫁给绿茵场上的英雄。英雄才有几个，女球迷则不计其数，要想把大牌球星追到手绝非易事。荷兰 19 岁的少女丹妮，就凭着一封别致的情书，立马便俘获了五次被选为荷兰"足球先生"的世界级巨星克鲁伊夫。克氏收到的情书可车载船装，一般的信他是不看的，有一天收到了一本裘皮精装日记，随意一翻，每一页上都有他的签名。这调动了他的好奇心，便一路翻下去，最后是一封写给他的信："……我已经看过你踢的 100 多场球，每一场都要求你签名，而且也得到了，我多么幸运啊！现在，爱神驱使我寄出了这个本子，如果你不能接受我奉上的爱情，请把这个本子还给我，那上面'克鲁伊夫'的名字会给我破碎的心一半的慰藉。我多么想也得到那另一半啊……"这个少女成功了，一周后他们开始约会，并订下终身。爱情确是一门艺术，写情书光靠有爱情还不够，还要有点绝的，会花样翻新，一鸣惊人。

写情书大都要装出被爱情热昏了头的样子，无耻吹捧，海誓山盟，以肉麻当浪漫，蠢话连篇。情人间的绵绵私语，固然是越蠢就越甜蜜，但过了头也容易被误解，或华而不实，或满纸都是空洞无物的"假、大、空"，让情人摸不着头脑，又如何向你托付终身？为音乐而生的贝多芬，在爱情上并不走运，他留下的三封情书也许能解开他在爱情上失败的原因。第一封："我有满怀心事要向你申诉——唉，有时我觉得言语文字殊不足以表达感情——祝你愉快——愿你永远做我唯一忠实宝贝，做我的一切，恰和我对于你一样。"第二封："我哭起来了——你固然也有爱情，但我对你的爱情更加浓厚……哎，上帝呀——我们的爱情岂不是一种真正的空中楼阁——可是它也像天一样稳固。"第三封："请你放安静些——你要爱我——今天——昨天——我因思念你，不觉涕泗滂沱了——你——是我的生命——是我的一切……"

满篇都是省略号和破折号，语无伦次，不知所云。用这种方式表达的爱情，自然会充满波折，或是不知所终。而有些人又因为太会说，花里胡哨，天花乱坠，反而坏了自己的好事。如本杰明·富兰克林，是美国独立战争时期声名仅次于华盛顿的伟大人物，曾参与起草了《独立宣言》和美国宪法，同时还发明避雷针、富兰克林炉等，被誉为"万能博士"。其妻去世后他追求巴黎上流社会里的一位艾尔维修斯夫人，那女人还深爱着已经去世的丈夫，拒绝了他。他于是写了一封很长的情书，卖弄才情，像编造荒诞剧一样说他遭到拒绝后回家就躺倒了，以为自己已经死去，随后便进入天国并看见了那个寡妇艾尔维修斯太太的丈夫。岂知那个男人在天国又娶了新的太太，欢爱异常，把前妻忘得一干二净。富兰克林非常愤怒地替他正在追求的艾尔维修斯太太抱不平，最后还有一神来之笔，说那个寡妇的丈夫在天国娶的新老婆正是他富兰克林前不久死去的妻子……以期激起那女人的醋意和恨意，从而跟他结合。岂料游戏玩过了头，再一次被人家拒绝。

现代年轻人写情书就比较轻松，但容易嬉皮笑脸，贫嘴滑舌，或搞一点脑筋急转弯。这里不妨摘一点现代情书中的"经典"句子："我要正式向你问路，怎么样才能走到你心里？""我真想看看你领子上的标签，想知道你是不是天堂造的？""今天的雨真大，是老天爷冲着你流口水！""请相信我，我一定会让你成为世界上第二最幸福的人。因为有了你，我才是第一最幸福的人！"……

　　好啦，该打住了。我还特别嘱咐那个小伙子，别人的情书看得太多，也容易变得写不了自己的情书，眼高手低，如同赛场上的裁判，说起来头头是道，下到场子里却找不到北。在这个不写情书的时代，能写好情书，将更容易收获爱情。

一门绝技的诞生

"铁板浮雕"是郭氏独门绝技。

所谓铁板，实际是一毫米厚的钢板。先在上面作画，然后用各种不同形状的白钢錾刀，或轻或重、或挑或抹、或急或缓地一下下敲击。心与铁交流，手与锤呼应……

画面渐渐浮凸而起，平面画遂成立体雕塑。

诸如：古旧的窗棂，斑驳的土墙，墙根立着断了一根齿的大木叉，院子里拴着一头母牛和正在吃奶的牛犊。

还有怒发冲冠、红面虬髯的钟馗，以及双鱼、飞凤、蝙蝠、桂花等，细微处逼真而传神。朴拙而精巧地利用了铁板的原色和特质，顽铁生花，亦刚亦柔，既栩栩如生，韵味天然，又高古奇骇，妖冶绝伦。

郭氏，大名"海博"。五岁学画，兼临《曹金碑》、汉简，后爱上雕塑。当心爱的维纳斯石膏雕像被打碎后，就想创造出一种能"永久地凝固住瞬间的静态"。

他在农村读完高中，毕业后种过地、到建筑队当过泥瓦匠、电工，后进军工厂烧锅炉、做冲压工，数年后又调入一家杂志社，当司机、跑发行、管出纳、搞摄影、做编辑……捎带着读完电大本科。

命运不讲理，像过山车一样把他抛来抛去。青春原本就是可以挥霍的，兴趣却是一种潜在的巨大能量，可使所有的生活，都转化为积累。

有自觉就会有选择。他还没有能力铜浇铁铸自己的梦想，灵机萌动，想到经常接触的、相对廉价的铁板，同样可以长久地保存自己的创意。

郭母心疼着魔般跟铁板较劲的儿子，腾出一个六平方米的储藏间，为不搅扰邻居，用厚棉帘子把门窗堵得严严实实。北方的十冬腊月，储藏间宛若冰窖，因有气焊不可有炉火，铁板、錾刀等一应钢制器具，冻得粘手。

而冰冷属于精神，铁板浮雕没有可资借鉴的经验，全靠自己的灵性一点点摸索。创造是心物之争，即物见心。一切有形之物，无不是心灵的外化。人活得不就是个心吗？

郭海博喜欢的《劝学篇》云："蚓无爪牙之利，筋骨之强，上食埃土，下饮黄泉，用心一也。蟹六跪而二螯，非蛇鳝之穴无可寄托者，用心躁也。"所幸他的精神内质硬度很高，一旦进入创作的痴迷状态，便没日没夜地叮叮当当，发出了一种精神的芳香。

由于铁板的成分和质量不同，他不知敲废了多少铁板，赔上了自己的全部身家。而越是难以搞出来的艺术，内涵就越丰富。马斯克有言，生活是公正的，"想要最好的，就一定先给你最痛的"。

郭海博走对了路，就一定会有出路，那间封堵严密的小屋子，却封锁不住一个注定要出世的天才。

待要出世，须有根基，如同卫星升天，要有发射台是一个道理。郭海博沈毅刚健、待人和厚的性格，吸引了一位早就熟识的姑娘郭荣，她是个宜家宜室的女人。他用自行车就把新娘子和她的一个包袱驮回了自己的小屋。

新娘子拿出 1000 元作为郭氏铁板浮雕的"起动资金",置办了电剪、台钳、砂轮、气焊机……海博及其弟海龙,如虎添翼,经过日复一日、年复一年地跟铁板打交道,他们终于吃透了铁板的"铁性"。见到铁板,郭海博就想用手摸一摸,他这一摸一掰,再看看铁板的氧化皮,就知道了铁板的成分、硬度和质量,适不适合做浮雕。

他同时发明抛磨和烧色等技术,使铁板可以出现乳黄、紫红、湖蓝、月白、翠绿等颜色。用气焊为动物点睛,小鹿的眼眸如春天的湖水一般清澈……一项项新技术的应用,令铁板浮雕升华到形象生动、呼之欲出的境界。并相继推出了紫铜浮雕、彩铜浮雕……似乎任何金属在他们的榔头、錾刀下,都可成为精美的浮雕。

"沧桑历练由阡陌,坎坷经逾化纵横",在雕刻铁板的过程中,郭海博也体验了自己的思想和创造力。錾刀在雕刻铁板的同时,仿佛也深深地錾入他的本真,让他了解了自己的耐性和可塑性。心物合一,神与物游,迎来了该他出世的一天。

1998 年金秋,郭氏铁板浮雕受邀参加在北京国际展览中心举办的"中国艺术博览会"。自博览会开幕的那天起,郭氏兄弟的展台前总是围着一大群人。他们在现场操作,叮叮当当,或敲或錾,围观者可目睹铁板浮雕的创作过程,自然会引起一阵阵不大不小的"轰动效应",令人惊奇不已。

在他们工作台后面的墙上,挂着几幅已经完成的浮雕作品:三个男孩子在搬弄一个大南瓜,有的孩子太用力以至于裤子掉下来,露出圆圆的光腚,洋溢着充盈的生命力和鲜活的童趣。

殷实的农家院的小树上,拴着一头配具齐全、等待主人出发的毛驴,眼睛有光,皮毛细腻,给人以祥和丰宁之感。

还有一幅紫铜彩雕小品，"金龙戏珠"。凌空盘旋的龙体姿态峻绝，颜色斑斓，散发着金属烧灼出来的光晕。奇瑰宏丽，夺人心魄……

博览会进行到第四天，一位妆容时尚的中年女士，走到郭海博近前，提出要购买他的作品。郭氏兄弟从来没有出售过自己的作品，也不知该如何定价？只好请示博览会的组织者。

博览会经过讨论，答复他可以出售，小品售价 500 元左右，大幅作品的价格可翻倍。那位自报家门来自台湾的女士，觉得太划算了，掏出 5600 元，将他们墙上挂着作品全部买走。

自此，郭氏铁板浮雕艺术对外的大门打开了。凡国内艺术类的展会，甚至一些国际上的民间艺术展览，都少不了郭海博和他的作品。而且他的展台前总是不愁没人围观。商品世界，现代艺术终究要进入市场。

市场反映出今人对铁板浮雕艺术的需求。有人赶不上展览会，闻其名找上门来。2004 年 4 月，美国侨太·布罗克公司总裁维克多，和该公司中国区总经理张宁慧，急匆匆从北京专来石家庄找到郭海博，要定制一幅以狮子为主题的 100cm×80cm 的铁板浮雕，由于时间紧迫，希望能在一个月内完成。

这是"命题作文"，还有时限。

郭氏兄弟全身心投入创作，草图出来后极富动感，以雄狮为中心，气势喷薄，雄浑奇伟。画面轮廓雕成后，他们将錾子磨得精细溜尖，拿捏好力度，一锤一锤、一根一根地錾出狮子的鬃毛，轻雕细刻，精勤入妙。

浮雕完成后取名《王者风范》。

距离交货日期还有 10 天，郭海博尚气谊、重然诺，担心美国客户对这幅作品不称心，一鼓作气同样以狮子为主题，重新构思，换一种图案，又雕刻了一幅同样大小的《皓月神威》。

交货期一到，维克多亲自来验收，见浮雕大喜过望，将两幅作品都收藏了。

后来启功先生看到了这两作品的照片，赞叹不已，欣然命笔写下"铁笔传神"。写好后，老先生对这四个大字的摆布似乎不甚满意，提笔又重写了一遍。

将郭氏的榔头和錾子比做"铁笔"，道出了一种规律：铁板浮雕是艺术创作。表现了郭海博的生命状态，承载了他与这个时代的情感和记忆。

而任何一种艺术创作，靠的都是生活经验的积累。他先是骑着自行车陆续走遍了东半个中国，有了汽车后，驾车钻进太行山深处的村村镇镇，或拍照，或速写。随之创作了《农家院一角》《秋韵》《山里娃》等一批获国家级大展金奖的作品。

取自然之性，成创造之功。他神思感奋，刻励精进。

他的工作间里，一面大墙上挂满大小不一、形状各异的榔头和錾子，甚为奇特。另一面大墙上挂满各种奖状和证书，印证了"路有多宽，眼界就有多宽"的道理。反过来也成立，"眼界有多宽，路就有多宽"。

他驾车又多次进藏，前藏、后藏，以及青海、四川、甘肃、云南的藏区……陶铸万象，创意纵横，创作了气势磅礴、丰致遒劲的《西藏风情系列》，广受赞誉。

直如爱默生所言："谁走遍世界，世界就是谁的。"

其间，许多喜欢美术和雕塑的年轻人，还有大学绘画和雕塑专业的学生，都找到郭海博想"拜师学艺"，最终都知难而退了。唯有他的女儿墨涵，自小在他的工作室长大，不知有多少个节假日，包括大年三十的晚上，一家三口在工作室里叮叮当当，权作春节的鞭炮声。其乐融融。

心慧者有爱，温厚即久。有高人言，幸福不是状态，是感受。

墨涵大学美术系毕业后，回到郭海博的身边，她心乎珠玉，胆智精细，利用自己的美术专长和熟练地使用榔头、錾刀的"童子功"，赋予浮雕更强的现实感，让冰冷的铁板打动人心。

她创造了蜡染和烫彩艺术，烫出的颜色菁妙至极，不是人工色，亦非自然色，一次一个样，纵放宕出，使铁板浮雕愈加美轮美奂。

如先哲所言，郭海博一家人，算是活出了他们生命本有的丰盛。

文坛开门人

　　各行各业都有门道，拜师学艺即"如门""上道"。俗语"师傅领进门，修行在个人"，即使修行再不好，也算入门了。唯文坛无形，文学无门，每个作家的创作之路都不同，文学没有一个标准的百试百灵的"入门手册"。但在人们心里，又确实有个具体的"文坛"，文学创作也有"门"可入，一文成名，便是入门了。

　　1979 年春夏之交，大型文学杂志《当代》横空出世，凭这个刊名，我想当然地认为这是现实题材创作的福地，"当代"嘛！这两个大字真是绝了，仿佛是一道大门，进入历史或走出历史，都要经过此门；深入现实、走进创作的妙境或苦域，也须过此门。当时我虽然写过一些短篇小说，也有一点虚名，完全是凭着被现实生活激起来的一股蛮劲，还有被声势浩大的批判给帮忙做了广告。其实对文学创作还没有真正入门，于是对着《当代》这道堂皇厚重的大门，心里曾闪过一念，不知将来有没有机会，或者叫幸运，闯一闯这道大门？至于文学创作有没有大门，作家是越写越生好，还是越写越熟好？那是后来思索的问题。当时认定文学是有门的。

来年开春，中国作家协会办文学讲习所，通知我去报到。这个讲习所不就是"文学之门"吗？我当时在车间里负责抓生产，正是"拨乱反正，百废待兴"，生产压力很大，自知请半年的假可能会很难，但心里发痒，不试一下不甘心。刚上任的党委书记资格很老，敢说敢断，也有文化情结，看了"通知"二话不说，拿起笔就在上面签了"同意"。当时我还多了句嘴："车间生产怎么办？"书记反问："你想不想去？"我赶紧称谢，拿起他的签字就离开了，立刻回车间交代工作，第二天就买票进京。

文讲所请了几位老作家担任导师，其中有《当代》的主编秦兆阳先生，一派安顺平和的大家气象。如果文学真有个"门"，秦先生不就是"掌门人"吗？导师们除去给全所的学员讲大课，每人还要带两三个学生，不定期地到导师家里给开小灶。说来真巧，秦先生挑选了广东的陈国凯和我，一南一北两个写工业题材的业余作者。那天先生讲完大课跟我和陈国凯约好，三天后带着一篇小说到先生家里去上第一堂"研究生课"。我手里没有存稿，急忙调动脑子里的存货，赶写了一个短篇《狼酒》。

三天后的下午两点钟，我俩准时赶到先生的家，沙滩南边的一个小院子，书房是里外两间，都堆满了书，写字台在里间，先生先看我们的作业，让我们在外间随便翻他的书。都是好书，拿起哪一本也舍不得放下，过了大概一个多小时先生喊我们进去，陈国凯交的什么作业，先生如何批改的，我记不清了，轮到我时心里很紧张，秦先生有一种凝定和收摄的力量，幸好眼睛没有盯着我，而是看着眼前的《狼酒》稿子，手里拿着铅笔，一边说一边在稿子上标记出要改的地方：语言的节奏、文字的响亮，还有细节的坚实，都保持着你的风格，但结构混乱，没有好好构思……这一段放到前边来，这一段应该往后挪……先生把我的小说大卸八块，重新做了排序。

那一课令我终生难忘，写小说要格外重视结构布局，起伏跌宕不只是为了制造悬念，是让小说在变化中见姿致。回到文讲所立即按先生说的把稿子前后段落调整了一遍，虽然这篇小说先天不足，但自己看着至少顺畅多了。此后每隔两周我和国凯就到秦先生家去一次，先生每一课都提前做了准备，是根据我们两人的具体情况设定的内容，或先问我们一些问题，根据我们的回答开始讲解，或从一部经典小说谈起——先后讲过小说的气韵、锋芒，人物的设计、文字的稳重……半年期满后又延长了两个月，我们要毕业了，最后一堂课结束的时候先生给我出了"毕业论文"的题目：为《当代》写一部中篇小说。

　　一回到工厂，就觉得跟在文讲所是两个世界，生产任务总是压得喘不过气来，加上我脱产八个月，心里过意不去，就想好好卖把子力气。全身心融入车间的生产节奏，根本顾不上想自己的小说，但也不敢从心里真正放下导师布置的作业，掐算着日子到再不动笔不行了，就开始写《赤橙黄绿青蓝紫》。我给自己订了计划，上班的时间不要说写小说，连想想都不可能，我们厂的公休日是星期二，等到周一从晚上开始，一直干到周三的早晨上班，我的写作习惯是动笔后不喜欢间断，口袋里永远有个破本子和一支笔，不知什么时候脑子里突然冒出几句话，随即就记下来。每天上下班骑车要两个多小时，是我打腹稿的黄金时间段，骑在车上脚蹬子一转，我的小说也活了。那时候加班加点是家常便饭，常常一两个月没有公休日，憋得难受时晚上就写几个小时。

　　写到3万多字的时候，有天晚上一个朋友来串门，他是一家文学刊物的小说组长，听说我正在写小说，自然要看一看，我也想试试他对我的小说的感觉，他看了几页就强行将我的稿子装进他的书包，说不打搅我，带回去仔细看。我有点着急，赶紧申明这是给《当代》写的，是秦先生交代的任务，无论如何你们不能用。一周后他把稿子送回来了，还没头没脑地扔出一句话：送审没过关。我说这又不是给你们的稿子，你送给谁审呀？他说如果主编相中了我们可以先发，不会影响给《当代》，结果主编不仅没有看中，还让我提醒你，这部小说有种不健康的甚至是反政治的倾向……我心里咯噔一下，自己原本对这部小说挺有信心，自认为里面还是有点新东西，比如小说的男主人公是个抗上的玩世不恭的青年，有些坏招怪点子很让领导难堪，但在青年人中他却是个有本事有影响力的角色……在当时的文学界还没有这样一个人物形象，怎么就"不健康"甚至还"反政治"呢？

但我还是将写作停下来了，一直等到离答应的交稿时间近了，我也没有想出该怎么解决"不健康"和"反政治"的问题，就只好按照自己的想法先写完了再说。到了该交稿的日子，我干了一个通宿，小说还是未能刹住尾，早晨七点多种，老婆上班路远已经走了，按惯例我负责送两个孩子，一个去学校，一个去幼儿园，一下楼就看见《当代》的编辑贺嘉正在楼前转悠，他是奉秦兆阳先生之命，乘从北京到天津的头班火车来津取稿。我只好让儿子先把他妹妹送到幼儿园后再去上学，我陪贺先生回屋。

那时我住工厂分配的一个"独厨"，即一间卧室外加一个自己使用的厨房，两户共一个单元。贺先生跟着我胡乱吃了点早饭，我告诉他小说还差个尾巴，估计再有三五千字就差不多了。我拿出已经写好的六万多字，请他在卧室里的小桌上审阅，我将切菜板搭在厨房的水池子上写结尾。直干到傍晚，我写完了，他也看完了。其实我在外边写着，一直留心他在屋里的动静，除去我们两人简单地吃午饭，他一天几乎没怎么动屁股，我心里对自己的小说就多少有点底了，说明他看进去了。最后他提了几处小意见，我当即就处理了，他说大主意还要等秦老看过稿子之后再定。

没过多久，我接到秦兆阳先生用密密麻麻的小字写来的七页长信，肯定了小说，并通知我小说拟发在新年第一期的《当代》上。我既感动，又深受鼓舞，天下的编辑与编辑、主编与主编，差别何其之大！之后不多久我写了一篇小文，叫《水泥柱里的钢筋》，表达对编辑的尊重，他们就如同水泥里面的钢筋。正巧花城出版社要出我的小说集，征得秦先生同意，便以他的长信为序。后来这部小说获全国优秀中篇小说奖，其实这个奖是《当代》送给我的。

这时，我似乎知道《当代》的大门多高多重了。一个写作者若想走上文坛，甚或是文坛的制高点，就须通过一道道像《当代》这样的大门。不知是在文讲所读了一些书，听了八个月的课，特别是被秦兆阳先生耳提面命领进了《当代》的大门，觉得心里似乎有些底气了，想写的东西很多，一年多以后我的第一部长篇小说《蛇神》脱稿，也是在《当代》发表的。那时还在"清除精神污染"，我对哪些东西是"污染"不甚了了，这似乎是个心照不宣又极度敏感的概念，十分宽泛，只要有人觉得像是"污染"，宁错杀一千，也不漏掉一个。

我曾担心《蛇神》也会被删除一部分。当时我有种很奇怪的心理，越是被删掉的部分，越觉得是自己写得最好的东西。《当代》出来后我急忙从头至尾浏览一遍，竟没有删节，全文刊出。不久天津人民艺术剧院将《蛇神》改编成多幕话剧，主演兼院长跟我说，这样的小说如果不是发在北京的大刊物上，他们不一定敢改编。公演后果然有人告状，但还是演了相当长的一段时间。

大编辑编大刊物，到底气度不一样，为人谨重和雅，个个都是谦谦君子，但刊物却保持着鲜明的个性和锋芒圭角。《当代》不愧是现实主义的福地，也是我的福地。学手艺有句话："师傅领进门，修行在个人"。有"师傅领进门"非常重要，可少走许多弯路，进不了门全凭自己摸索，或许永远达不到凭自己的条件能够达到的境界。

后来我对一个美国孤儿的故事发生了兴趣，想写个中篇。这个孤儿跟我很熟，我为写小说被人对号入座惹的麻烦太多了，以防后患我动笔前征求他的意见。他一听不仅不反对，反而两眼放光、来了精神，说你怎么写都没有关系，必须答应我一条，我和我的父母的名字、职业一定要真实，我给你提供资料。这大出我意外，口出无凭，也怕他以后反悔，让他当场给我写了个字据，算是自愿把故事卖给了我，我出价500元，请他在利顺德吃了顿西餐。小说快写好的时候他找到我，想看看稿子，我不同意，特别不喜欢在小说未完成前让人看稿子，再说有协议在先，你白纸黑字写的，随便我怎么写都可以。假若你看完后提一堆意见，我能接受的可以改，我不能接受的怎么办？他没有坚持，并表示对《寻父大流水》的小说题目很满意，说突出主题，不看稿子也行，但发表必须找个中央的大刊物。我说中央的文学大刊物就是两个，能发中、长篇的只有《当代》，是人民文学出版社办的，在西方就叫"皇家出版社"。他说行，太好了！

小说发表后他买了一兜子那一期的《当代》，大概有三五十本，提着去香港了。他在香港起诉了英美烟草公司，讨要战争赔款。他的父亲曾是英美烟草公司驻中国高级代表，1941年秋天回国述职，随即太平洋战争爆发，就再也没有回到中国。被丢在大陆的他以及他的母亲，其境域可想而知，战乱期间自不必言，即便是新中国成立后，在历次政治运动中他们母子也无法说清楚自己不是美国特务……他带着一大兜子《当代》上法庭，不知是发给陪审团，还是散发给媒介制造舆论、引起同情？早知如此，我当初就该实打实地写报告文学，而不是小说。最后不知《当代》起了作用没有？反正他的官司打赢了，拿着数目不菲的赔款和美国政府发给他的公民护照，高高兴兴地回美国了。

《当代》凝练了当代，当代就是现实。而现实中包含着历史与未来。我此生有幸进了《当代》的大门，也顺便带着我小说家族中的全部人物，进入当代文学大家庭。在写作的路上能走到今天，感谢《当代》。感念秦兆阳先生。

山高流水长

《小说选刊》的"年度大奖",选在武汉蔡甸颁发,其意深焉。

这个"年度",是 2020 年,一个令世界变色、历史战栗的年度。如果说武汉是英雄的城市,蔡甸就是它的旗帜。因为,令世界敬仰的"火神山医院",在人们心里是神一般的存在,就在蔡甸。

在医院大门外的草坡上,横卧着一尊长条巨石,猛看真是"泰山石敢当"。凡人到此,无不被它吸引。驻足仔细观摩,恍惚间长石又似一架古琴,石上镌刻的"火神山医院"五个深红的大字,如五根琴弦,发出"高山流水谢知音"的轰响。

蔡甸,这个长江、汉江夹境而过,拥有一千多平方公里的大甸,向称"知音故里"。是中国知音文化的发祥地。

"火神山"——不是成千上万被新冠病毒感染者的知音吗?生死相许,素交如山,"胆似秦时月,情如岭上云"。

《小说选刊》不是文学的知音、作家的知音吗?

在颁奖大会之前,组织所有人员拜谒钟子期墓。进入马鞍山南麓凤凰嘴，林木森森，烟尘静穆，举目先看到一座气势恢宏的石牌坊，两个高大的石人托举着一架硕大无比的古琴，牌坊正中写着"高山流水"，仿佛正是这横亘在空中的古琴弹奏的乐曲……

春秋时期"楚隐贤钟子期"之墓，正是凤凰头，背山面湖，墓丘两侧还有对称的水塘，恰似凤凰双睛。其后向外延伸，突出两个对称的梯形高地，宛若凤凰展翼。整个墓园的天然地貌形态，就是一只欲振翅冲天的硕大神鸟——凤凰。

好一处园林古地。水北山南，谓之阳。蔡甸北傍汉江，古称汉阳。在钟子期墓园里徘徊，很难不听到古贤的对话：春秋顶级的演奏家俞伯牙，在汉江边的船上即兴鼓琴。

琴声惊动了在山上打柴的樵夫钟子期，禁不住赞道："巍巍乎若高山，荡荡乎若流水。"

他心合琴音，斧随琴舞，"咔嚓"一声，劈断一根粗大的枯枝。俞伯牙的古琴也随之"嘎嘣"一声，断了一根琴弦，琴声戛然而止。

俞伯牙惊心动容，知道附近有高人。于是整弦再弹，并大声感叹："为何荒山野岭，琴声回音如此之大？"

山坡上的林中有人朗声答道："只因山高流水长。"

俞伯牙再奏一曲，林中人随琴高歌："美哉洋洋乎，大人之意，在高山也。"

俞伯牙改换一曲，钟子期冲出山林，急奔江边，只见他头戴斗笠，身披蓑衣，背冲柴担，手持利斧，隔船赞道："美哉汤汤乎，志在流水。"

人生感意气，重在遇知己，俞伯牙弃舟登岸。两人相见恨晚，话如江水，滔滔乎奇来，随之结拜为兄弟，并相约明年的今天在此地再聚。

来年，俞伯牙如约而至，久等却不见钟子期面。他找到集贤村面见钟父，知其家贫负重，子期因积劳成疾已殁。俞伯牙来到钟子期的坟前，以头撞坟，痛哭不已，结交一言重，大信却隔生死。

俞伯牙哭罢，理琴在子期坟前弹奏了一曲《高山流水》："木有相思文，弦有别离音。"随后他割断琴弦，举瑶琴摔向拜石，高声唱道："摔碎瑶琴凤尾寒，子期不在对谁弹？春风满面皆朋友，欲觅知音难上难。"

其实，他们互为知音，"丈夫重知己，万里同芬芳"。无论生死，都是生命的圆满。

于是，此后的两千多年来，俞伯牙在子期坟前的绝唱，竟成了人类社会的共识：知音难觅，人生能有一二知音足矣！

好像生命的最大慰藉就是有知音。甚至当地球上人类的数量暴涨，寻找知音却不是更容易，而是更难了。终生没有知音，才是当下人跟人最远的距离。君不见现代人类的精神疾患何其之多，花样百出，乃至抑郁症成了常见病、多发病，轻生已有了传染性。

似乎知音难觅，就寻死觅活。

但，俞伯牙在子期坟前最后弹奏的《高山流水》，却并未成为绝响。人们不仅在国内大型的欢庆舞台和纪念性的重要场合，由器乐高手演奏此曲，甚至在一些国际盛典上，比如 2006 年 6 月 13 日，当时的国家主席在上海主持隆重的国际峰会，开幕式后有个小型的文艺演出，以欢迎来自世界诸多国家的元首和他们的夫人。其中唯一的一个器乐演奏节目，就是古琴曲《高山流水》。表达了中国向世界寻觅知音的美好心意，或者说从世界各地来参加"上海合作组织"的国家，是中国的知音。

任何人到蔡甸，首先感受到的是知音的重要，知音的力量。古有"十大知音"一说，几乎都是每个时代文学史上的标志性人物，如刘禹锡与白居易、王维与裴迪、韩愈与孟郊、辛弃疾与陈亮……随着"碎片化"时代的到来，或许人跟人、心跟心的距离愈来愈远。

到了蔡甸你却会强烈感受到知音文化的熏陶，觉得离古贤近了，离朋友近了，被生活磨砺得刚硬的心柔软下来，精神能昂然接受新的阳光和友情。

　　蔡甸，不愧是文化的知音。从这里弹奏出的《高山流水》，一直在历史时空和现实生活中回响，不绝如缕。

下卷　事理

读书和养猪

　　"读书"和"养猪"，似乎风马牛不相及。然而却成了一个地区的风俗和品牌，成为当地人的立身之本、处世之道。这个地区就是今日的宜春所辖的高安市。本是古邑，初名"建成"，置县于汉高祖六年（公元前201年）。唐武德五年（622年），为避太子李建成名讳，因地形"北高南低，似高而安"，更名为"高安"。取意"道高人安"。

　　无从考证从何时起，当地人开始流行这样的信条："穷不丢书，富不丢猪""养儿不读书，不如养头猪""不会读书，就会养猪"……作为高安人，最好是既会读书，又会养猪。如果书读不好，就得会养猪，读书和养猪必须得精通一门。

　　从信奉读书和养猪的成果判断，至少自唐代起，高安就已经形成了重视读书和养猪的民风。先说读书：唐代江西共出进士65名，高安区区一个县，就占了7席。宋朝共320年，江西有进士5442名，平均每县约80人，高安竟有117人。在高安历代文化人中，声名显赫的有唐代国子监祭酒、教育家幸南容。他致仕后回到家乡创办桂岩书院，藏书授徒，是中国历史上最早的招徒授业的私家书院之一。这当然跟高安人热衷读书有关，这里不缺少学生，并渐渐形成"书院林立，塾学发达。读书为尚，耕读传家"的风尚。

还有，北宋史学家、《资治通鉴》主要编纂者刘恕；元代编著《中原音韵》的周德清，此书被公认是现代普通话的祖音；清代"三朝重臣"、帝师元老朱轼……皆为高安人。对于这位朱老夫子，可以多说几句，乾隆幼年初入学，拜朱轼为师，在懋勤殿设讲坛。朱轼对乾隆要求甚严，有一次皇帝雍正在旁边看着都觉过分，便对朱轼说："教也为王，不教也为王。"雍正的意思很明白，乾隆是皇子，你教他是将来是皇上，不教他也是皇上，何须如此严厉。朱轼当即答道："教则为尧舜，不教则为桀纣。"

高安人酷爱读书，不是读死书，不单是为了中进士，跻身官场。读书是为了培养人的正气、浩然之气。高安古时曾别称"瑞州"，写《正气歌》、终其一生也如一首《正气歌》的南宋状元文天祥，曾任瑞州知府，府衙大门两侧的楹联至今依然醒目："泽被一州洁廉恒守以；情关九域忧乐每怀之"。这是高安人读书的目的。现在的高安人，随时还可以拿这两句话要求当今的官员。

因此，高安民间的读书风气不仅延续至今，甚至于今为盛，进入现代社会仍然出大师，也出高徒。譬如中国近代物理学奠基人、著名教育家吴有训，中国 23 名"两弹一星"的功勋科学家中，有王淦昌、钱伟长、钱三强、邓稼先等 11 人是他的学生。一个地区的文脉发达，根在民间。高安是一个县级市，竟有四所江西省的重点中学，截止到 2022 年，高安有一万多名硕士、博士在世界各地工作。可谓高安之风，吹向全球。足见千百年来，高安人的书不是白读的。

如果说读书是养气，强健精神；那么养猪，则是为了养人，富足生活。高安自固就是"农业上县"，为实证高安人养猪的效应，先说一些数据。最令我感到新鲜的是，我国居然还有这么一个头衔：高安是"全国生猪调出大县"——原来高安的"猪"不过是经济发展的一个象征物，也是一种传统的产业优势。高安的猪是响亮的品牌，面向全国市场。

于是，高安自然而然成了"全国县域经济百强县""全国粮食生产先进县""中国现代化指数百强县市""中国好粮油示范县""无公害蔬菜基地"……哎呀，"好粮油"还须"示范"？"无公害的蔬菜"只能产自"基地"……这自然是高安的无上荣光和巨大的福气。但中国有14亿人，有多少人能吃上高安的粮油和蔬菜？难怪一进入高安地界，田成方，林成网，路相同，渠相连，看着都感到舒服。

一进高安市，心神却为之一振，城市洋气而古老，繁忙而整洁，朴厚的古楼宇浑然融合于新颖的现代建筑之中。感觉城市很大，不是印象中的一般县城的规模。实实在在地感受了高安之"大"，是当晚去逛高安的大观楼夜市。大观楼是高安古老而又辉煌的标志性建筑，矗立于城市繁华的中心，楼下便是浩浩荡荡穿城而过的锦江。高安自古被称为"风水宝地"，此江功不可没。

夜幕降临，远望大观楼，灯火通明。楼前万头攒动，人声鼎沸，空气中弥漫着混杂了各种美食的香气……世间商品，千奇百怪，夜市上应有尽有，真是人类物质文明的汪洋大海。有堂皇的大店，也有无数各色各样的小商铺和车摊、地摊。商品有国内的、国外的、吃的、用的、玩儿的、价值连城的宝贝、便宜得让人觉得如同白送的日常用品……夜市如一片无边无际的彩色灯海，身陷其中，方向顿失，加上被各种香味所诱惑，心神迷醉，眼花缭乱。

夜市里还有戏台、歌台，票友或喜欢喊两嗓子的人，可以挨个登台献艺，台下竟然站着一大片捧场的人，一阵阵掌声，一阵阵哄笑……高安人好兴致，活得好安逸。这是我平生见过的最大最繁华的夜市，也是高安民情、民气的具体反映。难怪高安人格外有一种地域自豪感，喜欢用一大串好词解释自己城市的名称："道德高尚，人民安居""高兴平安""高品高安"……不像有些地方的人，对自己生活的地方竟多有抱怨，甚至外地人一坐上出租车，就可听到司机发牢骚。

高安的夜市，应该是有历史传统的，苏轼、苏辙兄弟不就在这个夜市上卖过酒吗？宋元丰二年（1709 年），苏轼因不完全赞同王安石的"变法"，被解赴台狱，坐牢受勘。苏辙"上书乞纳在身宦赎兄罪"，自己愿意代兄长受罚、赎罪，于是被贬居高安。后苏轼也贬谪黄州，从湖北取道修水、铜鼓到高安看望弟弟。兄弟情深，欢聚十几天，题词、写诗、作画……其诗云："卖酒高安市，早岁逢武秋。常怀简书畏，未暇云中游。"

想到苏东坡兄弟在高安夜市上一边卖酒，一边少不了也喝点，我突然酒瘾大发，特想买一包喷香的烤鸡翅、几罐冰镇啤酒，拉几个朋友坐到锦江边上，置身于江岸璀璨的夜景之中，何等惬意！只是陪同我们的是两位优雅的女士，多有不便，她们似乎也看出了我的馋相，买了许多本地知名的老酸奶，暂时转移了我对酒渴望。

"苍然莫色映楼台，江市游人夜未回"。从苏辙的诗中看，宋时的高安夜市或收摊更晚。现代人要上班，夜市到子夜零时就要收尾了，有特殊交易的店铺可延续到凌晨两点。一店家告诉我，大观楼夜市有经营主体 300 余家，这个"经营主体"是指成规模、有固定店铺的商家。夜市有 5000 多名从业人员，每晚的顾客不低于 20000 人，逛夜市而不花钱的人极少。我对此深表赞同，好吃好看的东西这么多，怎么能捂得住钱包，特别是带着孩子或朋友来的。夜市每晚的营业收入平均 20 余万元……

我们从大观楼夜市拐进旁边瑞州府衙里的"宣化坊"，看着大门两侧的老对联，不禁感慨系之："草木知春国计中兴时雨润；江山如画民心大定惠风和。"

澳门性格

澳门，其实无门。

一说"澳有南北两台，相对如门，故称澳门"。一说"澳南有四山离立，海水纵横贯其中，成十字，曰十字门，合称澳门"。这样的无门之门，或许就是天下最大的门。门内是航道，门外为大海，既可通达四方，又能融会世界。

忽必烈进入十字门，便赢得了天下；大宋天子丢了十字门，便失去了江山。澳门之门，看似无形却有形，是历史之门，又是未来之门。

谁说名字只是一个符号？可知符号所传达的信息，对澳门性格的形成有着怎样的影响？

环顾当下多事的世界，纷争不断，吵嚷成常态，还有几块安静的地方？无论还有几块，澳门肯定是其中最令人惬意的一方静地。君不见关闸开启前，关外挤成人山人海，关闸一开，直如大坝提闸放水，如山似海的人流，瞬间泄洪般被一辆辆免费大巴载走了……

澳门很小，到只有其近邻香港面积的三十分之一；澳门又很大，每年容得下 3200 万外来游人，直追到香港的游客人数。孟子云："充实之谓美，充实而有光辉之谓大。"绚烂而又沉静的澳门，之所以让人感到大，不仅容得下世界各地的来客，也容得下各类是非纷纭，不管在外面人们如何喧闹，进入澳门就会静下来，心定神安。

过去人们一想到澳门，先想到赌，如今人们蜂拥到澳门，真正进赌场的人却极少，大都是因为它好看、耐看、看不透……澳门善意迎人，令人感到安全、舒适，不会受到伤害，钱包不会被偷。

无论是繁华的大街上，还是宏阔如野外的室内游乐胜地，春夏秋冬，天天如赶庙会，总是人头攒动，摩肩接踵，却又秩序井然。即便是在大型娱乐节目演出的前后，正处于五急中人，或防备演出中五急的人，无论男女老幼都安安静静地排队，依次而进。

所到之处都是洁净的，地面没有垃圾，人跟人之间平静而温和。纵目所及似乎有不少东方面孔，却丝毫感受不到备受诟病的中国游客的恶习……

难道是澳门"店大欺客"？澳门的"店大"是实，一个比一个大，有的店可与世界顶级大店比肩。然而张狂无礼的游客常常自以为是"客大欺店"，欺的就是"大店"，才更证明自己是"大客"。可见澳门的高明不在一个"欺"字上，而以善意、尊重，把客人融进澳门的情境之中。

环境感化人，也可约束、提升人的品性。

在澳门，最清静的地方反而是赌场。

澳门是世界著名的"赌城"，谈澳门是不能回避这个"赌"字的。赌博在澳门称"博彩"，是葡萄牙政府于 1961 年 2 月颁布法令确定的。当时鉴于中国及葡萄牙本国都禁赌，为支持澳门经济的发展，特准许澳门"以'幸运博彩'作为一种特殊的娱乐"。

对澳门来说，博彩确实只是一个产业，即便成为最大的经济增长点，看上去竟跟当地人的精神生活没有多大关联，无论哪个阶层的澳门人都极少走进博彩大厅。

自古来人们就喜欢谈论赌之害，对其管理精细，严防死守，只用其利，杜绝其害，于是博彩被管得规规矩矩，干干净净，姿态谦和低调，却光明磊落地成了澳门的"幸运"之彩。

纵观当今世界，因经济危机、股市崩盘、企业破产而寻死觅活者屡见不鲜，以及官场腐化、世风败坏、毒品泛滥……哪一项不数倍于赌之害？

澳门的生存智慧不受束缚，不以闲情伤定力，也不因俗生障。生活的理由，就是生活本身，无须言说，也无可言说。只有不断提高自我的生存和发展能力，把握契机，才能与命运一同前进。

有一点是肯定的，财经使澳门厚重。

澳门的城市面貌大致可分两块：旅游娱乐区和老城居民区。上面所述是作为一个旅行者的有感而发，其实我更感兴趣的是进入澳门老城区，深切感受澳门的历史血脉及社会风情。

在 7 月的骄阳下，我和同伴们连续穿行于澳门的老街、闹市，沿连胜街，走花王堂，看卢家大屋，奔山冈顶；细访烂鬼楼街区，漫步营地大街、赵家巷、庇山耶街……或驻足采访，或进门参观，老街区的马路两旁的人行道，极其狭窄，最窄处不过一尺左右，许多门口旁边还供奉着"门口土地财神"的牌位，摆着香炉，香烟袅袅。

而边道上行人又很多，且行色匆匆，大家都侧身礼让，绝对不会碰到脚边的土地神牌位和香炉，更不会走到马路中间挤占机动车道。每条老街中间那条绝对称不上宽敞的马路，急驰着一辆接一辆的轿车和各种卡车，忙碌而有序。街道两边排满店铺，装货卸货的，拿货卖货的，如此酷热天气，卖当地一种油炸豆沙糕的柜台前竟应接不暇，一派安乐富足的社会景象。

如果说澳门游乐区的节奏是繁华而优游，豪奢不失清雅，是一种热热闹闹的闲适与从容；而老城区则繁忙、充实，民气朴茂。将这两个区结合在一起，才是完整的澳门，既有一种满足感，又活力丰沛。

澳门安逸，却并不是没有欲望和目标。活力是由欲望而产生的，有欲望才会有满足感。

沿千年利街往下环街区，走到河边新街，便是妈阁庙。庙前有广场，中间有一株巨大的"假菩提树"，枝叶繁茂，树荫下有丝丝缕缕的清风，令人通身舒爽。围着大树有一圈洁净的石凳，然而乘凉的人却并不多。我想象着，若在北方有这样一块清凉地，上面树荫笼盖，前面可望见大海，石凳上定会坐满了人……是澳门人忙，还是澳门人不怕热？

想到这儿转头观察身旁的澳门朋友，看上去他确实不太在意盛夏的暑热，或许这就是"心静自然凉"的缘故。澳门人心中自有一股静气，不然就无法解释，澳门每年有两次太阳直射，辐射强烈，蒸发旺盛，水汽充足……何以澳门反而是世界少有的一块最不急不躁的地方？

妈阁广场连着海滩，四百多年前，葡萄牙人就是从这儿第一次登上澳门岛，他们不知这是哪里，询问当地人，当地人告诉他们这儿是妈阁。所以很长时间，他们都以为澳门就叫"妈阁"。

15世纪后期，世界进入"地理大发现时期"，葡萄牙的航海探险发现好望角，从而成为"垄断西欧至印度洋以及南中国海之间的海上贸易霸主"。正是这种"霸主"的骄横，却在中国处处碰壁，浙江、福建、广州……屡战屡败，数十艘舰船被毁，二百多葡兵被杀。1549年春天，葡萄牙残余舰队受到明军水旱两路夹击，葡兵又伤亡二百余，有 30 多人漏网逃到广东的浪白澳、上川岛，准备建立贸易据点。

可以说，最早把澳门当成"妈阁"的葡萄牙人，是误打误撞地发现了这块当初只有 400 多人的宝地。

直到 1864 年，清王朝因内忧外患，国势大衰，葡萄牙才真正占领澳门。说是占领，实际是清朝政府和葡萄牙政府双权管理。在此前后的三百多年里，葡萄牙与澳门的关系、占领者与当地人的关系，紧张又微妙，极富戏剧性。

起初是冲突不断，且异常激烈。比如澳门第 79 任总督亚马喇，到任后大兴土木，强拆民房，毁坏村民祖坟，青年农民沈志亮求助无门，便约集几个伙伴，愤而将其刺死。这样一件酿成血案的重大事件，最后的结果竟让大家都能接受，还都觉得处理得不错——典型的澳门风格。

沈志亮杀了人当然要偿命，但他体现了澳门人的血性，特别是向葡萄牙当局展示了这种血性，清廷负责管理澳门的香山县衙以及澳门华民，隆重地厚葬沈志亮于前山寨北门外，立碑称其为"义士"，充分表达了澳门人对沈志亮义举的崇敬。总督被杀死又如何抚慰呢？葡方总督府选出三条马路和一个广场，以亚马喇的名字命名。

无数历史经验证明，暴政一定会引发暴力反抗，愤怒和仇杀在澳门却并没有引发杀戮，反而导致妥协，双方都得到了自己想要的体面。

参观了新教坟场以及诸多堂皇的大教堂之后，我忽然觉得与其说是葡萄牙对澳门的占领，不如说是天主教与澳门精神的融合。对澳门性格的形成，宗教或许比葡萄牙式政治管理制度影响更大一些。

"果阿至日本的东印度区耶稣会视察员"范礼安，是西方宗教在澳门的奠基人，自 1578 年起的近 30 年间，他六次到澳门，重要的是他对中国的认识与最初带着舰队来华的葡萄牙商人大不一样，他到处公开宣讲："中国是个秩序井然的高贵而伟大的王国，相信这样一个有智慧而勤劳的民族，决不会将懂得其语言和文化、并有教养的耶稣会传教士拒之门外的……"（《澳门历史二十讲》）

三年后他在澳门创立"耶稣兄弟会"，并指定利玛窦为中国传教团主管。

利玛窦抵达澳门后，操汉语，着华服，刻苦研究中国典籍，讲授西方的天文地理历算之学，将天主教汉化。他制定的传教策略是在尊重中国文化的前提下，以西洋科学知识、天文仪器作为传教的手段。他通晓六经子史，并把《四书》译成拉丁文寄回本国出版，开西方人译述中国经典的先河。他还首创用拉丁字母注汉字语音，成为中国文字拉丁化的创始人。

他刻印世界地图时，刻意将中国绘在地图的中央，可以理解这是他对中国的崇敬，也可以理解是向中国示好，满足处于封闭状态的大明朝君臣"老子天下第一"的自尊心。后来利玛窦呈献给明神宗的《坤舆万国全图》，第一次让中国人知道了世界上有五大洲，以及中国真实面积到底有多大的真相。

他还帮助徐光启督修新历，于崇祯十六年替代了回回历。利玛窦还以口授的方式由徐光启笔译了古希腊数学家欧几里得的《几何原本》……

凡此种种，利玛窦当仁不让地成为天主教在中国的奠基人，或许正是受了他的"先学习，后教导；先尊敬，后传教"的影响，澳门人的宗教信仰成了独一无二的世界奇观：你信你的，我信我的，我可以信你的，你也可以信我的，地上哥俩好，天上各路神仙一律好好好。

于是，在澳门这样一个本不算大的地方，竟有二十多座教堂，四十多座大庙，还不算遍布大街小巷、家家门旁的小小土地庙……西方有的地方教堂不少，但没有庙；东方庙多的地方没有这么多教堂。称其为

"世界独一无二"，不虚。

天主教彬彬有礼的登陆，没有引起本地人的反感和抵抗，反而激发出心中的虔诚，可以信仰天主，也可以信奉佛陀、妈祖、道教、儒教，乃至关公、哪吒……无论什么庙都不是太过单纯，一定还捎带着供奉其他各路神仙，或已经被捧成神的人。康真君庙是道家的一座大庙，主持却是一位俗人卢树镜先生，他一个人管理大庙21年，香火旺盛。澳门没有广阔的地域，人人都格外敬重、珍爱土地，有很多信佛、信主的家庭，门口还要供奉土地爷。

澳门的神佛如同澳门人一样，都有一种随和与大度。

——这就是融合。宗教的融合，也是精神的融合，最终还是海洋商贸文化与本土耕读文化的融合。

大三巴牌坊成为现代澳门的标志，就非常富有象征意义，它激发人们丰富的想象力，将历史的真实和神话的虚构融合在一起，又全部糅进这座牌坊。

设若圣保禄会院教堂没有在1835年被焚毁，却未必会有光剩下这样一个前壁立面名气大。因为它有了一个中国式的名字："大三巴牌坊"。成了中西方文化融合的见证。

这样的见证在澳门到处都是，除去保护完好的新教坟场，在白鸽巢公园还有葡萄牙著名诗人贾梅士石洞和座像，他的代表作《卢济塔尼亚人之歌》主要是在澳门完成的，还被称作《葡国魂》。有人竟简单地理解成"葡萄牙的国魂是澳门铸就的"。

以澳门的面积，"龙环葡韵"公园绝对称不上大，竟入选中国十大湿地，恐怕跟它精致独到的"葡韵"不无关系。

与"葡韵"相对应的"华韵"，我以为是遍地开花、各式各样的社团。

目前澳门人口 60 万，除华人和葡萄牙人外，还有来自西班牙、意大利、英国、德国、瑞士、日本、印度、马来西亚等数十个国家以及非洲的人，这简直就是一个"联合国人口示范区"。

他们又分属于 9000 多个不同的社团。各行各业、各个阶层、各个民族、宗亲，都有自己的社团。社团这么多不是分、不是散，是名副其实的"团"，"团"就是"合"。这或许跟澳门三百年的"双权管理"有关，有些百姓的事情，名义上谁都管，实际谁都不管，清廷天高皇帝远，葡萄牙比清廷还远。

1974 年 4 月 25 日，葡萄牙革命成功，又向世界宣布，澳门不是葡萄牙的殖民地，只是葡萄牙管理的中国领土。数百年来政治制度的变来变去、反反复复，必然会造成相对宽裕的体制空间，社团便应运而生，以填补这些空间。

所以澳门的社团不是虚的，是实打实地解决民间社会的各种问题。

比如医药界的社团"同善堂"，其宗旨是"同心济世"。我采访了这个社团办的同善堂学校的校长，50 岁上下，温雅干练，讲一口漂亮的北京话，是许多年前从北京应聘来澳门。我见到他时，脸上有掩饰不住的喜悦，今年他的高中毕业生全部考上了大学，还有两名一个进了北大，一个进了清华。

学校前厅的四面墙上摆满学生的奖杯、奖状，原来这个学校竟然是从幼儿园直到高中毕业的一条龙教育，且全部免费，学校还负责学生在校期间的用餐。我问校长，经费哪儿来？

他说由同善堂提供。

同善堂的钱是哪儿来的？

同善堂的各个企业老板捐助。

我忽然有一种生命得到启悟的感动，澳门之所以气象融融，情韵朗润，也得益于是个社团社会。这些社团同心向善，名副其实地担起社会责任。心地芝兰，真是"有情世间"。

众缘和合而生，这样的大融合，使澳门社会有了强韧的平衡点。

平衡就稳定，包容即佛心。平时蕴藉温厚，满襟和气，遇非常时期澳门就成了避风港、安全岛。

1937年日本发动卢沟桥事变，引发中日战争，随后日军大举南下，两年后攻陷广州，1941年占领香港，并迅即入侵东南亚各国，再加上西线德军的"闪电式战略"，大半个地球陷于战争的火海之中。

而澳门处于中立地位，特别是葡萄牙与南美洲巴西的关系密切，日本以不进攻澳门换取葡萄牙保证其在巴西日侨的安全。于是，大量逃避战火的人从中国内地和四面八方涌入澳门，广东的许多学校也迁到澳门继续办学，澳门人口由1938年的14万猛增至1940年的40万人。因祸得福的是，其中有大批知识分子和教师，对澳门华人普及现代教育，又起了很大的促进作用。

有文字可查的澳门历史不过五百年，这五百年间世界上可以说战乱不断，无论东方或西方，中国似乎愈加地多灾多难，否则澳门以及香港、台湾也不会分离出去。却唯有澳门，五百年来竟没有遭受过一次战争的毁坏。这固然有地理因素和许多历史的偶然，偶然是必然的结果，对待这种得天独厚的好运气，最省事也是在民间流传最广的解释："澳门是莲花宝地"。

清乾隆十年进士张甄陶，在其名著《论澳门形势状》中这样描述："前山有寨，名曰莲花，相其形势，宛然惟肖：盖前山如荷根，山路一线，直出如茎，澳地如心，此外如大小十字门、九洲洋、鸡颈头、金星山、马骝洲，星罗棋布，宛如花之瓣……"澳门形状给人以无尽的想象，就像喜欢一个人怎么看都是一脸福相一样。

澳门的福气，来自城市的性格。这性格是经过时间和命运的磨砺逐渐显现出来的，退掉了青涩，滤去了浮躁，宽容乃恒，温厚即久。无须佻达，沉稳自适，胜过种种逞一时之愤，快一时之意。

西哲有言，凡是理性的都是真实的，凡是真实的都是理性的。澳门的性格不剑拔弩张，也无须取悦于人，不欺生，不摇曳，谨厚明达，超逸自若，收敛而从容。

性格不只是命运，还成了澳门最大的魅力。当今天下越来越多的人向往澳门，谈论澳门，无论知道多少都人云亦云：澳门是福地、是宝地。

澳门有个"历史城区"，被评为世界文化遗产。

历史是澳门的根，是文化自信与独立品格的依据。承先才能启后，才有创造力，没有历史传承，就没有归属感。

澳门性格中的包容自信，来自坚实的归属感。

世界没有比知道自己是谁更重要的事了。这是一种信念，也是一种持守，脉定于内，心正于怀。有了这样的信心，无论是"双权管理"也好，"一国两制"也好，都是一种成全。将民间智慧、宗教情结、商业想象力、政治形态，全部熔为一炉，营养自己的城市与民众。

天道好还，美意延年，所以澳门有种"乾坤容我静，名利任人忙"的气度。还智慧于平和自然之中，张开怀抱接纳。

久而久之，清嘉自守的澳门，将自己修炼得金贵圆满，便有了今日的"非我寻梦梦寻我，良友如花不嫌多"的气场和人脉。

——"莲花宝地"，果然不虚。

金门的弹性

金门无疑是举世闻名的海上胜地。

天下名胜何其多,唯金门成名的原因却独一无二:缘于 1958 年 8 月 23 日开始的一场旷日持久的"炮击",俗称"炮轰金门",台湾则叫"金门炮战"。当时是轰动世界的事件,遂使这座"固若金汤的海上之门",一夜之间成为世界名岛。

成为名岛的金门,一方面"开启了两岸 60 年隔海分治的历史格局,让两种截然不同的意识形态与政治制度,在全球冷战的大环境及台海对峙的小环境中,各自进行划时代的大实验"。(马英九语),另一方面,两岸和解又是从金门开始……

现在看那场"金门炮战",确是有些虎头蛇尾。据称炮轰当天曾落弹 5.7 万发,再加岛上为防登陆埋了十万枚美式地雷,炮弹引爆地雷,炸声连连,火光冲天,黑夜亮如白昼。随后炮击则时断时续,后来干脆公开宣布"节假日不轰",再后来演变成像现在的城市汽车限号,"单日轰,双日不轰",直至由真炮实弹改为宣传弹,炮弹在空中炸开后若天女散花，花花绿绿，连"蛇尾"都不是，更像"凤尾"。

据报载光是这种宣传弹，就累计发送了150多万发。如此沥沥拉拉30多年，中国人的生存智慧也开始在炮声中大放异彩。先有高人就地取材，对满地精钢制造的炮弹壳有了主意，打制成菜刀——不是刺刀、军刀、样式漂亮的各种宝刀，而是切菜剁肉、人人生活离不开、家家天天都用得着的菜刀！

不知是人们对炮弹的重视，还是历史的幽默，"金门菜刀"一经问世，便声名大振，立即成为刀中精品。不仅是因为它锋利耐用、品质优良，更重要的是用炮弹皮子做成，具象征意义和纪念价值，堪称当世一绝！

最绝的是"炮轰"在名义上尚未结束，由炮弹催生的"金门三宝"却已经诞生，并很快名扬海内外。菜刀之后是"金门高粱酒"，由于人们常年钻坑道，冬天阴冷，夏天潮湿，为了御冷祛湿，用岛上产的高粱酿酒。不想此酒一诞生，便成为酒中上品。

第三宝是"一条根"，也是因多年坑道生活，关节炎、风湿病增多，岛上遍生一种根系极为发达的植物，可消炎止疼、治疗风湿，将此物泡制成药液，熬成药膏，做成膏药，定名就是"一条根"。不仅在岛上热销，岛外的人也来抢购，现在这儿疼那儿疼的人太多了，此谓"有备无患"。

1992年11月7日，台湾宣布金门解除戒严，"炮战"正式宣告结束。2001年金门与厦门通航，即所谓"小三通"。其实早在这之前许多年，我就喝过金门高粱酒，见识了金门菜刀的"吹毛断发""切肉如泥"。因为商品比炮弹更厉害，不需要仪式和隆重宣告，只要有需求就会有供应。

上个世纪的90年代初，我到厦门参加笔会，其中最吸引人的一项活动是乘船到海上望金门。可见金门名气之隆、魅力之大，远远地望一眼也算看见金门了，不虚此行。金门岛150平方公里，东西狭长，太武山地势雄伟，独冠屿上，远望如仙人偃卧，海上人呼之为"仙山"。实行"三通"后，世界各地的游客蜂拥而至，一睹金门"仙容"，购买"金门三宝"，参观坑道及观赏《炮操》表演（由几位演员装扮成士兵模仿打炮）……

全仗当年的炮轰，造就了今日的繁荣。看来还是生活更有力量，比政治强大，以宽容和幽默化解历史的吊诡。这才叫"化干戈为玉帛"。当年的神秘战场，如今真的成了和平胜地。据金门的导游讲，单是大陆游客，每年就有百万之众。

2015年春天，我曾目睹了这种阵势，一辆辆的大巴开到商店前，游客像潮水一样涌进去，再出来时都是大包小包，全像90年代的"倒爷""倒奶"。当年"炮轰"丢下的炮弹皮，早就被大陆游客又都买回去了。

我们路过高粱酒厂时，导游称这是他们的"金鸡母"，其意是为金门人下"金蛋"的母鸡。原是炮弹横飞的金门，如今竟成为台湾出名的富庶之地，高粱酒功不可没。我只是有些不解，就算金门遍地高粱，也支撑不了"金门高粱酒"这么大的产量？导游说如今酿酒的大部分高粱都来自大陆的东北。

我早该想到，现在做菜刀的精刚也应该不是炮弹皮了，这原是"三通"的应有之义。

汾酒志

没有条件做"夜夜厌饮，不醉无归"的豪客，却与酒也结缘六十余年，并探访过一些酿酒厂。直至癸卯年仲秋见识了汾酒"封藏大典"，才真正领略了中国白酒的前世今生、何为"国酒"以及酒与文化的关系……

或许，只有汾酒才有资格举办这么隆重的"封藏大典"。因为汾酒是"国酒之源"。这里所说的"国酒"，是指中国之酒。与今人爱举"国"字号招牌不是一个概念。如一棵大树的主根是直的一样，汾酒则是中国酒的直根，白酒的祖庭。

"封藏大典"的一项重要内容，是向历史致敬。追溯先贤，明正溯，知何往……俗云"口说无凭"，口传不如文字，文字不如古籍，古籍不如文物。《淮南子》载："清醠之美，始于耒耜。"

1982 年 7 月，考古学家在杏花村发掘出土了 6000 年前先民用于酿酒的"小口尖底瓮"。此瓮鼓腹，短颈，底尖，口小，腹侧有双耳，腹部饰线纹。原始先民将谷物放进瓮中，尖底插入泥土之中，因其口小更易于保温，待发酵成酒，加以澄清，用来敬祭天地神灵。《北山酒经》中也云："空桑秽饭，酝以稷麦，以成醇醪，酒之始也。"

这就证明，汾酒已有六千年的酿造史。

"国酒"这个概念，是人类学会酿酒的四千多年之后，清光绪八年（1882年），由杏花村宝泉益酒坊大掌柜杨得龄提出来的："振兴国酒，质优价廉，决不以劣货欺世盗名。"

在这之前，汾酒的一次大飞跃，是距今1500年前，应是北魏早期，中国酒还处于液态发酵的"浊酒期"。杏花村人竟电光石火般地发明了"固态发酵蒸馏"的新工艺，开启了中国白酒酿造技术变革的先河。

以粮为主，加曲发酵，铁甑蒸制，将原来的浊酒漉为清酒，遂称"汾清酒"。清香馥郁，饮之甘醇满口。杏花村便一鼓作气，陆续酿制出了此后独领风骚一千多年的多种"干和酒"：汾清酒、竹叶青酒、葡萄酒、状元红、五加皮……十余种。

《中华酒典》称，在南朝梁天正二年（553年），杏花村所产的汾清酒就著称于世，成为上层社会消费的极品，深受皇家权贵的喜爱。《晋书·毕卓传》中甚至说"清酒为圣"。北齐武成帝特意写信给平叛有功的侄子高孝瑜，竟然是推荐汾清酒："我饮汾清二杯，劝汝于邺酌两杯。"于是，汾酒便成为唯一被载入"二十四史"的国家名酒。

这就是人们称汾酒为"清香之祖"的缘由。

"味带他山雪，光含白露精"。汾酒的清香从何而来？好粮好水酿好酒，汾酒的粮是自己种的：山西沁县、吉林松原以及河套等地有汾酒的高粱种植基地；甘肃丹军马场、科尔沁草原吐列毛杜有汾酒的大麦种植基地；张北坝上草原和祁连山脉永登是汾酒的豌豆种植基地……而酿制汾酒的水，是取自地下840米的深层岩溶矿泉，无须处理就可直接饮用。此井开掘于北宋初年，名"甘露堂"。

被酿酒界称为"酒之骨"的汾酒大曲，就是用祁连山雪融水浇灌的豌豆、大麦和杏花村深层岩溶井水为原料，踩制而成。且不同于其他香型酒只用一种曲，汾酒的酿制采用三种特有的酒曲：清花曲、红心曲、后火曲。并坚持粮、土分离的"贵族式"固态地缸分离发酵，确保酒体纯净。

于是，被誉为明末清初"多元文化奇人"的傅山，题赞汾酒："得造花香"。

汾酒之"香"，得益于"香"的前面有个"清"字。清而香，便香得纯正。如清孙尔准所言："杏花村枕汾水滨，村中风气含古春。春光骀荡何所著，散入汾酒清而醇。"世人有谁不喜欢春意、春的气息、春的芳香？

这就是"清香"！

"晓日著颜红有晕，春风入髓散无声。"一杯入口，美得连通身的骨头缝都酥了，谁喝汾酒喝到苏东坡这种境界，算是懂酒，是杏花村的知音了。

"汾酒开瓶馥"，如何叫人不上瘾？南北朝的萧纲来了，"兰羞荐俎，竹酒澄芬。"他喜欢汾酒的姐妹"竹叶青酒"。杜牧按照牧童指引，在杏花村"高卧醉醺醺"。刘长卿不甘人后，"点清酒，如竹叶，沾着唇，甜人颊。"杏花村竟使他面如桃花，好不可爱。甚至武则天也来凑热闹："山窗游玉女，洞户对琼峰。岩顶翔双凤，潭心倒九龙。酒中浮竹叶，杯上写芙蓉。故验家山赏，惟有风入松。"又一个喜欢竹叶青的。民间对这位女皇有诸多议论，这首喝着竹叶青游九龙潭的诗，或许比现代一些自比女皇的人有文采。

"清"而"香"，便香而不腻。因其不腻，才形成一种"汾香沧辣频开瓮"的洋洋大观。清代著名的"会吃会喝会享受"的袁枚，在他的名著《随园食单》中盛赞汾酒："既吃烧酒，以狠为佳。汾酒乃烧酒之至狠者。余谓烧酒者，人中之光棍，县中之酷吏也。打擂台，非光棍不可；除盗贼，非酷吏不可。驱风寒、消积滞，非烧酒不可。"

袁枚的这个"烧"字，正是汾酒的个性。好酒必须具有个性美，才能令人痴迷。其实这就是汾酒之香，香得醇厚。正因为此，格外体现了酒的重要功效。人们好饮，皆因酒可以使人快乐，怡神助兴。《易林》云："酒为欢伯，除忧来乐。"杨万里的名句是：三杯通大道，一醉出百篇，堪称"酒外天仙"。苏轼也称酒是"钓诗钩"。酒以得诗，诗以酒传。酒催生了历代多少好诗词，号称"诗仙"的李白，同时也是"酒仙"，或者他先是"酒仙"，后是"诗仙"，他在唐王宫里醉写"云想衣裳花想容"就是证明。

其实写小说的也一样，清末民初的畅销书《二十年目睹之怪现状》的作者吴趼人，"纵酒自放，每独酌大醉"，却不影响他愤世嫉俗，下笔万言。《清稗类钞·刘武慎好汾酒》载："刘武慎公长佑在官勤慈治事，接宾客未尝有倦容。而好饮，且必汾酒。尝独酌，一饮可尽余斤。左手执杯，右手执笔，判公牍，无或讹。"

此公堪称是公务员中的"酒仙"。

但，世间还是不写诗作文的人多，是凡人就有烦心事，特别是在急功近利的商品社会，似乎只有"醉乡路与乾坤隔，岂信人间有利名"。陶渊明称酒是"忘忧物"，白居易说酒是"销愁药"。而袁枚所谓的"烧酒"，正是消愁效果最佳，"一身天地窄，只是酒乡宽"；陆游的名言："闲愁如飞雪，入酒即消融"。

可见，酒是人类文化的结晶，乃至有人称汾酒就是"文化之根"。古人类根据尖底小口瓮演化成"酒"字，至少证明是酒在前，后有文字。

像汾酒这种美妙的液体，不仅中国人喜爱，域外之人也喜爱。1915年2月，为庆祝巴拿马运河开航，在美国旧金山举办"太平洋万国博览会"，有八万人进中国馆参观。当时的美国总统伍德罗·威尔逊、副总统托马斯·马歇尔，都品尝了汾酒。他们酒后说的恭维话可以忽略不计，但豪爽有"老狮子"之称的前总统西奥多·罗斯福，得到一瓶汾酒竟舍不得喝，一直留到圣诞节才与家人共享。其对汾酒的珍爱可见一斑。

众望所归，汾酒在这次盛会上获得最高奖——甲等金牌大奖。在当地华侨界引起轰动。

行文至此，或许有人会发问，茅台酒呢？

据天津科技出版社 1988 年版的《酒趣·名酒传》载："1915 年在巴拿马万国博览会上，茅台酒参加了展出和比赛……被评为第二。"这或许跟酒的资历和香型有关。

贵州人民出版社 1955 年出版的《贵州经济》上说："我省仁怀县茅台镇出产的茅台酒，其酿制历史相传已有一百余年。在清朝时，有山西人经商于茅台镇，依汾酒制法而兴。"1939 版的《西南丛书·贵州经济》说得更详细："在满清咸丰以前，有山西盐商某，来茅台地方，仿照汾酒制法，用小麦为曲药，以高粱为原料，酿造一种烧酒。后经陕西盐商宋某、毛某，先后改良制法，以茅台为名，特称茅台酒。"

山西商人为什么要跑到贵州茅台镇去酿酒？

酒史专家王文清先生著文解释：明清以来，山西移民和晋商，通过迁徙和盐路、茶路等商路，从山西分多条路线将杏花村白酒酿造技术大规模的广泛的东传西渐、南移北延。加上晋酒外销，技术扩散，异地设酒坊和酒曲垄断，形成一次历时长久的规模空前的汾酒大进军、大拓展、大渗透，并根据各地的自然条件，因地制宜地酿造出了各地的名酒，奠定了中国白酒产业的格局。除茅台酒外，还有五粮液、剑南春、泸州老窖、双沟、洋河、西凤……都与汾酒有着直接或间接的渊源。

如此说来，尊汾酒为"中国白酒祖庭"，名副其实。

鉴于此，1949年9月28日召开的首届中国人民政治协商会议开幕、闭幕，以及10月1日的"开国大典"等三次国宴，都用的是杏花村汾酒厂和清源葡萄酒厂酿制的汾酒与葡萄酒。"吉日开筵酒百樽，佳名犹说杏花村。"

汾酒封藏大典的开场是"恭迎图腾"，八位酿酒工匠，分别抬着四大缸用黄绸盖口的老汾酒登台。《汉书·食货志》云："酒者，天之美禄。"酒是上天赐的神物，先民酿酒最初也是用来敬天祭神的。部落长老将酿好酒的"尖底小口瓮"高高托起，悠悠酒香从瓮口飘出，如同缕缕青烟升空而起，与上天神明交流。将心之所想，托付酒香禀告上苍，渴求天佑，荡秽辟邪，通真达灵。

如《史记·封禅书》所载："其礼颇采太祝之祀，雍上帝所用，而封藏皆秘之，世不得而记也。"酒是以礼而酿，合天人，法自然，存敬畏，尚礼敬。汉代以后，帝王继位，大赦天下，赐民大酺，少则三、五日，多则七日。甚至军队打了胜仗，发现吉祥物或天降祥瑞，皇帝也要赐酺聚饭。

1978年10月，"中日和平友好条约"缔结不久，在佛界和俗世都声望极佳的佛教协会会长赵朴初，以及正果法师、圣泉法师等，陪同以日本净土宗协会会长稻岗觉顺为团长的友好代表团访问杏花村，这样一个佛教访问团竟也接受"牧童"指引来到白酒胜地，本身就是一段佳话。这些高僧大德们参观并品尝了汾酒之后，朴老欣然命笔："和风华雨正纷纷，举盏欲招千古魂。般若汤兮长寿水，不妨畅饮杏花村。"

并题跋："稻岗团长云，日本人称酒为不老长寿水，而佛家则呼酒为般若汤，宜与良朋开怀畅饮。"

"般若"是智慧，而且是"终极智慧""辨识智慧"，佛界的高僧大德们见了汾酒都主张"开怀畅饮"，可获得智慧。畅饮先要开怀，开怀才能畅饮——这又何尝不是饮酒的一种智慧。

足见汾酒的封藏大典，恰合其礼，正当其时。国家白酒协会秘书长何勇先生言道，封藏是中国的酒礼中最崇高的一环。封藏的是美酒，也是天地灵气、五谷精华、拳拳匠心，让岁月酿芳华，使酒的品质再升级。

　　封美酒以传后世，藏佳酿以待后人。封藏是对未来的期许，将体现最高酿造技艺的好酒，给时间以鉴定的权力，让虔诚的信仰被历史和人文赋予更高的价值。

　　若以商品时代的金钱衡量，可举一例：2018 年 8 月 22 日，在"京东超级拍卖节"上，一瓶酿制于 1923 年的汾酒，以 10 万元起拍，加价幅度仅 1000 元。当时围观者达两万人，最终以 864.3 万元成交。

　　汾酒的故事是说不尽的，六千年来留存下无数典籍、文物和人文景观，形成了繁盛的酒文化。而汾酒文化又记录了"中国酒的诞生、发展和涅槃新生的沧桑岁月"，成为中国酒文化的"酵母"。

　　于是，我想用八个字概括对汾酒"封藏大典"的感受：

　　天予清香，汾为酒魂。

"老"是一门学问

    所谓"活到老学到老",并非指老了还能读书学习,而是指:"老"是一门学问,需要认真学习并摸索着怎样一点点变老、接受老,并老得丰润和畅。

    衰老首先是一种感觉,感觉分主体和客体,一般都是自己还没有感觉,别人先觉得你老了。因此,"老的学问",大多要靠自学、自悟。我面老,40多岁乘公交车就有人喊"大爷"。我付之一笑,并不往心里去。真正当头棒喝告诉我老了,是退休后为外出方便,到银行办信用卡,银行职员领我到一台电脑前,将我所有的私人信息输入电脑,然后让我回家等着,说信用卡办好后会寄给我。过去了大半年,不见信用卡寄来,正想再去银行查问,正好一个晚辈来,他告诉我,已经退休的人,银行不再给办信用卡。还有这种规定,这不是歧视老年人吗?既如此就该直言相告,哄骗、敷衍就太不地道了。晚辈倒敢直言:"说你老了,没有信用了,你受得了吗?"

    既然这是规定,受不了也得受,银行是国家办的,这代表整个社会对老年人的态度。我不再生气，却心生悲意，银行是严肃守信的地方，他们都认为你老了，你想不承认自己的衰老也没有用。从那时起，我就经常提醒自己要注意两点：一是老了要知趣，别讨人嫌，如果不幸在马路上摔倒了，只要还有一口气赶紧爬起来，别让人把你当碰瓷的。我乘地铁，车厢里有座位就坐下，没有座位就找个角落站定，面向车窗外，绝不跟座位上的年轻人对眼神，免得让人厌恶，让座给你不甘心，不让座心里又不自在。第二点，老了要服老，听过太多因不服老而出事的段子。

但，一个人的衰老，是一个极其复杂的过程，理智上服老，不等于躯体也服老。我常年运动，面老体健，有时会忘了欧阳修的教导，"老健"同"春寒、秋燥"一样都是靠不住的。七八年前的初冬，我要去南方猫冬，带足了自己所爱而南方没有、在网上买的又不好吃的东西，诸如熬红薯粥的新棒子馇、天津嘎巴菜、当年的新小米……背上一个双肩包，左手一兜子书，右手一个拉杆箱，那天正好雨夹雪，到机场下了出租车，还要穿过一条川流不息的官车和私家车的车道，上道边的台阶时左脚踩滑，连人带背上鼓鼓囊囊的包都窝跪在台阶上，幸好右手紧抓着拉杆箱，人没有完全摔倒。挣扎着站起来，忍着剧痛，拖运了行李，上了飞机。下飞机后靠止痛片又忍了一个晚上，第二天到医院检查，左脚掌跖骨掰断，右膝拉伤，掉了三块骨头渣，医学上叫"游离体"。当它"游"到骨头缝里卡住，立即疼得动不了劲，连喊叫的力气都没有，紧闭双眼出大汗。用手慢慢揉搓膝盖，等游离体从骨头缝"游"走，就可以活动了。静养了两三个月，再下地要拄双拐，然后是单拐，当把单拐换成手杖，从生理到心理都老了。

嘴上说服老不算数，人是摔老的。每个生命都是不同的个体，一个人一个老法，养生专家关于"老"的说教，以及一些知名老人关于"老"的经验，听得让人耳朵起茧子，却没有一个人可以按照别人的老法变老。比如，"老了要快乐，多笑，不生气"。人是感情复杂的生物，又是社会动物，七情六欲、忧思悲恐惊，随着社会环境的改变而变化，快乐是你想有就有的吗？快乐是自然而然、不期而至的，纯粹发自内心的个人感觉，有不同的因由和层次，诸如生理上的快乐、情感上的快乐、明理带来的快乐……快乐不是强笑，无缘无辜的傻笑是痴呆，悚然陡然地狂笑是发疯，暗自奸笑是歹毒，常常苦笑是抑郁，随着口令一起扬着脖子大笑，那是装快乐，不是真快乐。

所谓强制自己不生气，如果不能像圣人或世外高人那般达观，就只有暗憋暗气，当面不生气，背后没完没了地气自己，受到的伤害更大。你是社会中人，就得承认"人活一口气"。生命靠气托着，气力，气力，有气才有力。该生气时就得有气，有气理更壮，说理更有力。有时动气乃至震怒，反而能导气，把火气发泄出来，不憋在心里转化成毒素。人到老年更需要正气、骨气、义气，不要让人觉得"老了变坏，躺在马路上耍赖"。唯有如此或许才能达到一般凡人所希望的那样："老得慢，死得快"——是说走就走，逃过疾病，是谓"后福"。

还有，说什么"老了不要为儿女操心，只须满足自己的愿望，想吃啥就买，想去哪儿打好行李就出发。老了要有三种自由：看病自由、房子自由、国籍自由。"说梦话，你以为自己的是大贪官？为什么老人都爱自家的第三代人，并非第三代人特别需要这种爱，而是老人自己需要这种爱的慰藉。一个感情正常的人，总要疼爱家人和挚友，老了更需要有亲情和友情滋养生命。我的孙女、孙子都长大了，但每天早晨起床后第一件事，就是喜欢在阳台上一边活动腰腿，一边看家长们送孩子上学，大多是爷爷、奶奶们送孙子辈的人。

我之所以主张老了该生气就生气，该操心就操心，就为了一个目的，尽量保持正常人的智慧和情感，不要变傻。痴呆后忘记一切人间烦恼，等于还活着就喝了"孟婆汤"，对本人来说未必不是上帝的恩赐。

但很难保持一个老人应有的尊严。《旧约》里说，"白发是荣耀的冠冕"。一个文明友善的社会，视老人为民众的尊严，一个老人精神上最大的安慰，就是受人尊敬。

老是实践，不是理论，是一次次的教训，一次次感悟，慢慢体味到衰老是怎样一个过程，是一种什么样的滋味。如先哲所言："老似名山到始知。"泰山、黄山你得去爬一次，才知道它是什么样子。衰老可不是"看景不如听景"，只有自己进入老境，才能边老边咂摸，慢慢体会老的奥秘。

一般人进入老年，才真正认识自己，就会在精神上对自己进行清算。一个人终其一生，怎么可能没受过伤害和羞辱，或犯过这样那样的过错，这些都如毒蛇般纠缠于心，不知什么时候就会袭上脑际，啃噬已经很脆弱的神经。特别是在将睡着未睡着的时候，猛地想起这些，身心一震，或悔或恨，睡眠顿失，有时真想以死换取忘却……如果不想办法一件件地放下，用一种宽容、诚实和舒适的方式接受自己，让自己真正属于自己，这种折磨就会一直陪伴到彻底闭上眼睛。

身体任何一个部位脏了都很容易清洗，怎样清洗大脑里积累了一生的垃圾？所以说，衰老是一门学问。但是，这门学问没有标准答案，学好学坏、学深学浅、甚或学与不学，完全取决于自己的需要和感悟。一般就两种态度：一种是"人之老也，形益衰，而智益盛"。这是往死里学，老了要成精。另一种是"老来万事付无心，巧语不如喑"。不是装聋作哑，老装也太假太累了，是真的活明白了，无须说，说无益。该老就随它老，老的自然，自然衰老，无论最后的岁月里发生什么，都扛下来，反正后边有个"死"接着。

既然先贤说"老似名山"，哪个名山不是风光无限？说一千道一万，人之老矣，还是先以享受这"无限风光"为要。

拉老手

近读国内新版的《蒋经国传》，有一节让我感动。

蒋方良当年不顾一切地嫁给了蒋经国，轰轰烈烈地从俄国跟到中国，最后又跟到孤岛台湾。在她人生的中途蒋经国还曾背叛过她，闹得世界上无人不知，她最终还是全部接受下来，包括蒋经国的思想及其一切。但到了到晚年，蒋方良非常孤独，儿子先她而死，自己的身体又不好……

已当了多年总统的蒋经国，无论多忙，每晚上必坐在蒋方良的床边，双手久久地拉着夫人的两只手。有话就说两句，没有话就这么拉着手对坐一两个小时。天天如此，直到他逝世。

这就是拉老手！

而现代人则不喜欢拉老手，说"拉着老婆的手，好像自己的左手拉右手"。更希望拉情人的手或一切小姐的手，说"拉着小姐的手，一下子回到十八九！"。

但，一般人还更习惯于拉小手。孩子是各家的"小皇帝"，在大街上或公园里人们见惯了爷爷、奶奶们的老手拉小手，或年轻父母们的大手拉着孩子的一双小手。社会开放，生活在变，人们在公众场合也经常见到亲亲热热的青年男女拉着手，甚或勾肩搭背，相拥相吻，也习以为常了，既不会大惊小怪，也不会为之特别感动。

于是，城市里最美的一景，是恩恩爱爱的老夫妻，手拉着手，相依傍，相扶持，散步，逛街，遛公园。或轻声说着什么，或一言不发，在浮躁的城市生活中现出一种超然物外的宁静、平和。却又是那样和谐，令人感到舒服、艳羡。

认为心的交流、情的交流，乃至爱的交流，只是青年人的权利，到了老年夫妻就变成"伴儿了"，这是一种误解。"伴儿"有各种各样，简单地相守，缺情少趣，麻木疲沓地等待死神的召见，也叫作伴儿。心心相印，越老越相互依恋，欲没有了，情却加重了，越活越有趣，这也叫伴儿。

老了也要拉拉老手，要有肌肤的接触。事实证明，那些越老越恩爱，同出同进，同说同笑的夫妻，不仅健康快乐，寿命也长。

老年人最大的悲哀就是快乐减少了。要快乐就必须有接触，有交流。不能隔离自己，疏远亲人和朋友，成天装出一副"老正经"的样子。

有夫妻间的交流，还要有跟社会和他人的交流。傍晚或早晨，城市里的许多公园基本上变为老人公园，几个或十几个老人围在一起说说笑笑，练功压腿，或扭或跳，交流着各种各样的社会新闻，小道消息，哪怕是发牢骚，传闲话，张家长，李家短，也能排遣孤独和郁闷。

孤独是老年人最可怕的杀手，而自我封闭正是纵容孤独。被孤独越缠越紧，就会出事。

有一种夫妻，上了年纪之后变得相互无话可说了。仿佛一辈子的话早说光了，变成了哑伴儿。生活失去了声音也便失去了色彩，失去了许多欢乐，变得枯燥，漫长，精神委顿，厌世。

宝贵的生命变成了一种痛苦的消耗。

有人退休或离职后，便觉得被社会抛弃了，不愿出门，不想见人，对一切都看不惯。其实是一种胆怯，越退越没路，越缩属于自己的空间就越小。出问题的大多是这种人，或精神崩溃，或过早地谢世。

有句老话叫"只有享不了的福，没有受不了的累"。现在倒过来了，受累是享福，享福是受罪。有人忙碌了大半辈子，到老年却忍受不了清闲，变得精神恍惚。

闲——意味着无用，意味着多余。忙碌的人年轻。所以常有这样的事情发生，上班的时候人是好好的，退休后一年半载人就完了。

人是感情动物，无法在没有感情的沙漠中生活。人是社会动物，与社会隔绝人也无法存活。

法国一著名的洞学家维罗尼凯，曾创造了在 82 米深的洞穴中独自生活了 110 天的世界纪录。最后却精神错乱，"在地下看到了不可理解的现象"……于去年自杀身亡。

最近北欧则爆出另一则惊人的新闻，7 年前两对夫妇在滑雪时遇雪崩，落进一个山洞，山洞很深，无法爬出来，里边却有水，有昆虫。更重要的是他们有 4 个人，像个小社会一样，大家有感情，有交流，相互鼓励，相互支持，吃昆虫，喝生水。7 年后被救出来，除去面色苍白，营养不良，基本上是健康的。

心宽者体健，那些乐乐呵呵，能上能下，能富能穷，能高能低的人沾光，兴趣多多，希望多多。厂长不当了可以去看自行车，处长下台了可以找个地方去守夜看大门，局长不当了可以去东跑西颠联系业务，正式工人当不成了可以去找点临时的活儿干，实在找不到活干，玩儿也要玩出点花样儿，游泳、下棋，凑到人堆里聊天，都是不用花钱的。总之不能把自己关在家里发闷，发傻，发呆。

应该提倡每个单位在组织老职工外出参观旅游时，允许带老伴儿。文明的社会提倡"拉老手"。

有些人恰恰到了老年才会体验到自己的青春。

从"小扬州"到直辖市

1955 年，我从沧州乡下考进天津读中学。学校离西郊的曹庄子比离天津西站还近，三哥的家在西站与中学中间的邵公庄，马路对面是同福庄，中学周围不是这个庄就是那个庄。我离开沧州的庄子，又进了天津的庄子，总觉得还是在农村，并没有真正"下卫"。

读过刘云若写天津风情的《小扬州志》，他是借用了张船山的比喻，"十里鱼盐新泽国，二分烟月小扬州"。天津居然是二号的扬州！其实最早把天津和扬州联系起来，是元代宋无的《直沽》诗："直沽风月可消愁，标格燕山第一流。细问名花何处去？扬州十里小红楼。"那时我还没有去过扬州，但读过一些关于扬州的诗词，看我学校周围的村庄，似乎还无法跟扬州相比。

若用一个字概括城市的特点，扬州是"软"，天津则是"硬"，它是"卫"，"卫"就是营盘。唯一能将这一软一硬两个城市联系起来的是大运河，一南一北两个运河上最大的码头。北端这个大码头位于大运河、大清河和子牙河交汇的三岔河口，船舶集结，漕运发达，客商会聚，店铺林立。当年三岔河口一带最热闹的地方叫"三汊口"和"小直沽"。三河下梢及海河两岸的沽很多，曾有72沽之称。我入伍后新兵训练在咸水沽，进海军制图学校在东泥沽，毕业后当制图员在塘沽，一直就在"沽"里服役。

按明朝弘治时期大学士李东阳的解释：沽者，即小水入海之地。1400年，燕王起兵和建文帝争天下，认为小直沽并不小，是南北水陆交通要道，能大有可为，应取个好名字。有大臣拍朱棣的马屁：燕王千岁承圣上之命，吊民伐罪，顺乎天意，所以叫"天"；车驾又是在这里渡过河津，所以"天"字后面再加一个"津"。古时洛阳曾有过"天津桥"，天河之中有九星，能占据天河都叫"天津"。"天津"二字很有气派，也很典雅，燕王当即应允，并传谕地方，将三汊口、小直沽合并成为"天津"。

直到有个星期天，三哥陪我从邵公庄步行到西北角，然后花二分钱坐蓝牌电车去"劝业场"。电车头上顶着跟粗长的辫子，一路咣当咣当，溜平的大马路两侧，大楼连成片，一座一个花样，店铺林立，流光溢彩，令人眼花缭乱。这才是大天津卫呀！到了人头攒动、五彩缤纷的劝业场，我似乎明白一个道理，大城市的"城"跟"市"不是一码事，进了城还不一定就算进了"市"。"市"就是城市的心脏、中心，所以叫"市中心"。到了这个中心，才能真正感受到天津城的脉搏。

三哥告诉我，天津的市中心最早在三岔河口、关银号，慢慢南移，后来建起方方正正的天津城，城内的鼓楼是中心。再后来最繁华的地方转移到"南市"，庚子年以后，劝业场、滨江道一带崛起，成了天津市最繁华的地方，是商贸中心。劝业场二楼迎着宽阔的上行楼梯悬挂着一幅大画，画面是一个人脚气病犯了，正蹲在地上抠脚卡巴，又痛又痒的龇牙咧嘴、挤眉弄眼，神情极其生动、逼真。凡上楼的人无不驻足端详这幅画并对着它发笑，仿佛自己的脚卡巴也开始发痒。

以后我攒出了电车票钱就往劝业场跑，每去必站在那幅画前傻笑一会儿。有时要选在周日晚上去，在劝业场里逛到八点半左右，八楼的天华景戏院，中场休息后再进去就不要票了，可以看蹭戏，而且是压轴的好戏。劝业场的顶层叫"七重天"，除去天华景大戏院，还有天宫电影院、天乐蹦蹦戏院、天会轩杂耍馆、天露茶社、天外天夜花园、天纬球房……有钱的可以去玩儿个够，没钱的也可以在里边转转看热闹。

许多年之后我才悟到，劝业场的那幅"脚气画"是有象征意义的，象征天津是个平民城市，可用四个字概括城市性格：平实，自谦。这是由地理位置、历史文化和民风民俗所决定的，一个大水陆码头，必然聚集众多底层劳动者，构成天津的原住民。明代建卫，又让天津成了北京的"门户"。门户者，看门守户，自然就要忠于职守，安贫乐道。农村人上天津叫"下卫"，明明是"上"，偏偏称"下"。而外省人进北京，则叫"上京""晋京"。这一"下"一"上"，分量可就有了区别。因此，天津马路比北京窄，楼房比北京矮，工资比北京低，连物价都不如北京涨得高、涨得快！北京人曾不无自得地传说，他们结婚喜欢跑到天津来举办婚宴，连吃带喝再加上来回的路费，还比在北京结婚便宜。这不知是恭维天津，还是挖苦天津？更闹不清占便宜的是北京，还是天津？

天津甚至连给自己的产品起名字都尽量往小里叫，往下层靠，带有强烈的平民色彩，甚或跟动物打成一片。如：狗不理包子、猫不闻饺子、猴不吃麻花，耳朵眼炸糕……这些叫得响的名牌食品，都是经济实惠，吃进肚里格外搪时候，早晨填饱了可以到晚上不饿——绝对是为劳动大众着想。人家北京叫"满汉全席"，听着就雄伟。

还因离北京太近，而北京是几代封建王朝的帝都，尽得风气之先，对天津城市性格的形成也有很大的影响。比如，天津出好演员，却只有到北京才能大红大紫。中国京剧界泰斗式的大腕余三胜（余叔岩的祖父）、杨小楼、程长庚等都是学戏在天津，却红在北京。过去戏曲界流传着这样一首诗："做戏端推胡子生，余三胜后是长庚；在津演唱无遗憾，一到京都便得名。"今天活跃在演艺界的有些北京明星，也是天津人：陈道明、冯巩、刘欢、赵忠祥等等。

而民国退位的五位"大总统"，凑热闹般地却都到天津买房隐居，这叫"大隐隐于市"。甚至1900年"八国联军"攻陷北京后，并不在北京停留，退回到天津分占"租界地"，恐怕也是看中这个大水陆码头，进出方便，容易站住脚，又便于发展。原是"八国联军"，最后比利时也挤进来，天津竟有了"九国租界地"，这剧烈地改变了天津的城市形态和地域文化。一座座带着异域风情的小洋楼，和一片片平民、贫民居住的"篱笆簹"，构成强烈的反差，渐渐又融合并形成天津的城市面貌。至今"天津小洋楼""英式五大道""意式风情街"等，还是市内旅游的看点。

我参加工作后，所在的企业是天津机械行业的老大，得以了解到天津强大的工商业优势。在日本侵华之前，天津已发展成为北方第一大商埠，是仅次于上海的中国第二大城市，有些经济指标还超过了上海。中国第一杆火枪、第一艘潜水艇、包括北洋水师的铁甲舰，都是天津制造的，在甲午海战中失利，不是因为硬件。正是天津制造，让中国由冷兵器走向热兵器时代。

在轻纺工业方面，中国在"万国博览会"上获得的第一金牌（"红三角"碱）、闻名中外的"抵羊牌"纺织品，也都是天津生产的。再以劝业场为例，八层高的大楼，从破土动工到建成开业，只用了一年的时间，由法国建筑设计师设计，使用从美国进口的钢筋、水泥……可见早在一百多年前，天津就已经与"国际接轨"了。而且商业发展的起点很高、速度相当惊人，视质量为百年大计：1939年发大水，劝业场一楼积水三次，泡了一个多月才退去，以后又经历了大地震，其外形和框架结构至今安稳依旧。劝业场的主人用了十六个字来解释"劝业商场"的含义："劝吾胞舆，业精于勤，商务发达，场益增新"。这"16字令"，今天看来还很时尚。

"文革"前，天津有些工业产品已经是世界名牌，单讲我熟悉的机械制造业，机床厂生产的数控机床，向西方工业发达国家出口，具有世界先进水平。我们厂的重型曲轴也是世界领先，至今全球巨型轮船上的"五拐曲轴"的锻造专利，还是我曾工作过的车间创造的。当时是一件很轰动的事，上了天津和中央大报的头条，我还陪着试制成功的第一根曲轴参加了天津市的国庆大游行。足见这种多拐大曲轴在制造业的地位。以后我们又搞出了七拐重型曲轴……

不光是工业产品，产业工人似乎也成了工业城市的主体。那个时候在大企业上班是很值得庆幸的，国营大工厂的职工都喜欢把工作服当"逛服"，节假日在大街和商场内可以看到很多穿工作服的人，如同现在穿着吸人眼球的时装一样，也构成工业城市的一景。我的工作服是用厚实的蓝色帆布制成，经得住高温烤、钢屑烫，左胸最显眼的地方印着"天重"两个醒目的字，让人觉得很帅。我觉得就是在那个年代，天津市的品质开始由北方最大的商埠转化成工业大都市。

我在天津生活了近70年，仍不能说清楚对这座城市的印象：它既有平民气质，又很洋气；盛产属于意识形态的戏剧、曲艺界的名角，又是"北洋政府"的摇篮，从天津小站走出了四位民国时期的总统；曾是"水软山温，心销骨醉"的"小扬州"，却成为北方工商业重镇的国家直辖市……城市的存在，是一种巨大的文化现象。地理风貌，历史文化，众生心态，市井沉浮，生产和交换，扬弃和诱惑，生机勃发的繁衍发展，博大恢宏的无穷蕴藉，构成了一个城市的强势生命力。

而养育城市文化的则是人的心灵。人的心灵会不断地对城市加工翻新，心灵是印章，城市不过是印迹。同时，现代人的心灵所能得到的最重要的感染，也首先来自城市。就像古希腊哲学家所说的，幸福的第一要素就是出生在有名的城市。

颖　影

　　倏忽，唐山大地震已经过去 30 年了！

　　南京的丛军女士私人出资，准备拍一部六集纪录片《最后的女兵》，纪念她在唐山大地震中死去的六位女战友。其中年纪最小的只有 19 岁，年纪最大的甄颖影也不过才 23 岁，摄制组来天津采访我，就希望能谈谈她的故事。

　　30 年来我从未写过关于颖影的一个字，太过痛惜便不敢轻易触碰。这次面对她的战友，忽然发觉 30 年来竟什么也没有淹没、没有消逝，颖影的美丽和聪慧依然清晰地印在每个人心里，大家一直都在想着她。她的死仿佛是生的一部分，而且是最重要的一部分，30 年来留下的痛，益发显示了她生命的分量。真正被改变了的倒是活着的人，当年逃脱了地震的灾难，却未能逃脱衰老。美丽也是冷酷的杀手，它要追杀的就是活着的人，在美丽时死去的人凝固了美丽，从而逃脱了美丽的追杀。

　　我该讲出她的故事了……

上个世纪的 70 年代初，在天津市举办的一个文艺学习班上我结识了甄颖影。她身材高挑，眉目修长，脸上焕发着摄人心魄的清纯，漂亮得像一种文化，凝结了那个时代的美：军装、少女、率真、阳光。那个年代常有意想不到的事情发生，我本来是被叫来"掺沙子的工人作者"，突然变成"炮制大毒草的反面典型"，"兵的代表"甄颖影却公开表态看不出我的小说有什么大问题……她说得那样轻盈随意，一派单纯和善良，却并未给我帮上忙，反而给她自己惹了麻烦。这使我感激、感动和愧疚，便一直保持着联系。

她在唐山当兵，家却远在新疆，以后她每次回家或探亲归来，都以我的家作中转站落一下脚。有时她的父亲也直接给我来信，托付一些诸如购买《鲁迅全集》等我能办的事情。甄颖影的父亲原是中国军事科学院的高级干部，1969 年为林彪迫害，发配到新疆。颖影当年只有 16 岁，却陷于"三无境地"：无学可上，无工可做，无农可务。晃荡了近一年才弄明白一个道理，像她这种受排挤的部队干部子女，唯一的也是最好的出路还得去当兵。她的两个哥哥早已入伍，父母身边只有她和弟弟，弟弟尚小，父母自然对她这个聪颖漂亮的女儿格外珍爱，也觉得她年龄尚小，并未把她要当兵的事放在心上。况且他们刚到新疆，人地两生，也真没有办法能让她进入部队。

事情拖到 1970 年初，颖影突然急迫起来，不想无所事事地再继续晃悠下去。既然父母不管，就只有自己出去闯了，那天外面风沙很大，冷彻骨髓，她跑出去不一会儿就又回来了，说是拿帽子和手套。母亲笑了，就你这么娇气，还能去当兵？正是这句话成了母亲永远的痛，让她后悔大半生。颖影听母亲这样说就甩掉帽子和手套，返身又冲进风沙。她直接跑到乌鲁木齐火车站，掏出身上所有的钱买了一张到北京的车票。一上车就是四天四夜，由于她没有钱买吃的东西，就一直饿到北京，看着别人都下车，她却从座位上站不起来了。好心的列车员把她架下车，还扶着她在站台上溜达了一会儿，为她买了点吃的东西，她才慢慢地能够自己走路了。出站后就去找父亲在京的一位老战友，那位老首长看见她的样子，听了她的叙述，没有犹豫，没有推辞，很快就想办法让她穿上了军装，到唐山255医院当了一名战士。

部队上的一切在她的眼里都是新鲜的，叫她干什么都行，在伙房做过饭，在病房做过护理员……然而就是这样一个还不够入伍年龄的新兵，却很快成了医院的名人。她有着少见的开朗和自信，性格狷介，富有灵性，小小年纪竟写得一笔好字，还写一手好文章，很快被政治部发现，经常抽出去为医院撰写各类在那个时期不能不写的文章。逢年过节或部队发生重大事情，还要为医院编写文艺节目，如快板书、小话剧等等，有些还能在报纸上公开发表，这也正是被选送到天津市参加文艺学习班的原因。她打篮球也相当不错，从科里打到医院，又代表医院到外地跟兄弟部队比赛……她是如此的多才多艺，却又有一种无邪的气质，她的生命仿佛是在自然地流露着令人心醉的芬芳。

有天晚上，她下班后和另一名女战士结伴回宿舍，在草木繁茂的小路上，一位领导干部跟上她们，像说暗语一样念了句自以为甄颖影一定能理解的古诗："窈窕淑女，君子好逑。"在那个年代上级对女兵说这种话至少是很不得体，偏是那个时候社会上有种风气，上边的人可以很随便，乃至放肆，下边的人则要拘谨和紧张。女兵面对这种情况一般会有两种选择，接受领导的暗示，或装作听不见赶快跑开。另一个女兵正要这么做，却被颖影拉住了，她自恃自见过世面，比这位"君子"领导不知高多少级的干部也见过，便理所当然地采取了第三种态度——顶撞："这里没有君子和淑女，只有领导和女战士，而且你是有老婆孩子的领导，还想求什么？"

她的话随即被夜风吹散，医院的大院子里像什么事情都没有发生过。可从此以后甄颖影当兵的生活却变得艰难了，一切都是在不知不觉中改变的，她的处境掉转一百八十度成了医院落后的典型……上业务课，医生讲人的聪明和愚笨决定于大脑沟回，沟回多而深的人聪明，少而浅的人愚笨。那个时候全军都在学习马克思主义，谁都可以张口就能背诵几段，甄颖影下课后去请教医生，沟回的深浅和后天的实践，对决定一个人聪明与否各占多大比例？因为毛主席说过实践出真知的话，马克思也说过搬运夫和哲学家之间的原始差别，要比家犬和猎犬之间的差别小得多……这可不得了，甄颖影难为老师，酿成了一场震动全院的风波。甚至在篮球场上，领队要求队员发扬"友谊第一，比赛第二"的精神，主动让球。甄颖影没有吭声，没有以任何形式表示反对，只是投球投顺了手，又将球投进自己的篮筐，那位"君子领导"便当众指责她顶撞领导，不准她加入共青团。

入伍三年，其他许多人早就是共产党员了，可甄颖影连团都入不了。1973年的春节，她给我来过一信，信上有这样一段话："有人老找我的碴儿，都是鸡毛蒜皮，我的一举一动后面都有眼睛盯着。因此我有一点小事处理不当，马上就传得全院都知道，直接影响入团、提干，比如衣服泡在盆里没有洗。我被抓了典型以后，天天挨批，大会小会都点我的名，搞得我大脑十分紧张。算啦，不费这个脑筋了，最近传说京津唐一带有地震，说不定什么时候就给震死了，省得啰唆。不过今天是大年初一，好像不该说这种不吉利的话。"

一个曾经那么阳光灿烂的女孩儿，几年的工夫竟变得如此消沉。她那么单纯，竟不能为环境所吸纳。然而，她的生命正因为沉重才有分量，医院的主要领导和她的科主任又非常赏识她，每年都有一种声音嚷嚷着要叫她复员，可每年她都走不了。批评她很容易，好像谁都可以对她说三道四。要表扬她可就难了，医院里因她的业绩突出要给个嘉奖，头头们竟会为此而争论起来，争一次不行就再争，最后她还是得到了这个嘉奖，可就是不让她痛快。

到她超期服役的第三个年头上，共青团终于加入了，提拔干部的命令也下来了，尚未公布她就接到家里电报，父亲病倒，希望她能回去一趟。正好还有探亲假没用，部队便批准她立刻起身。我在天津站接她，然后带她到劝业场买了些带给父母的东西，随即又赶到北京，买了当晚 11 时由北京发往乌鲁木齐的车票。

这是 1976 年的 7 月中旬，限令她归队的时间是 7 月 29 日。

她以往回新疆探亲都是坐火车，光在路上来回就需要一个星期。这次她的父母为了让她在家里多待两天——实实在在的就是两天，自己花钱为她买了 26 号下午的飞机票。她当天晚上到天津，住在部队的一个招待所。第二天上午，也就是 27 号，抱着一个哈密瓜到我家来，那时的哈密瓜还是新鲜物，我儿子兴高采烈地又喊她姐姐。颖影就继续纠正他，小孩子管解放军要叫叔叔，跟叔叔平辈的是姑姑，哪有管解放军叫哥哥姐姐的？儿子的理由很简单，你那么小怎么能当姑姑？因为他的姑姑年纪都很大。吃过中饭她就要回唐山，我说你的归队时间不是 29 号吗？我是老兵，对部队的规矩很清楚，她只要在 29 号晚点名之前归队就行。

她说自己现在的压力很大，父母之所以给她买了 26 号的机票，而不是 27 或 28 号的，就是同意她提前一天回到医院，28 号休整一下，29 号一早就上班。我纠正她说，这不是提前一天，而是提前了两天。但没有再详细问她哪来那么大的压力，到底是什么原因让她的神经这么紧张？这个话题太沉重了，一谈开来免不了要发牢骚，而多年来我跟她的交往一直都很谨慎，怕自己身上消极的东西影响了她。何况我当时的日子也很难过，1976 年初在《人民文学》上发表的小说《机电局长的一天》，正在"全国范围内批倒批臭"。实际上我也真没有太多的心思管她的事，就直接送她去天津站，为她买了当天下午到唐山的车票。

也就在颖影回到唐山的当天夜里，唐山发生了7.8级大地震！

一场毁灭性的大灾难，人们念叨它好几年都没有发生，却在人们忘记它的时候降临了。跟唐山的通信联络陷于瘫痪，只有谣传在满天飞……到震后的第四天，在亲戚和同事的帮助下，我用苫布在马路边搭起一个抗震棚，将妻儿安顿好，就进工厂打听消息。在那种乱糟糟的情势下，只有找到"组织"才能得到确切的消息。车间有人告诉我，交换台有我的长途电话，我跑到交换台，电话早就挂断了，我问是哪儿来的，接线员说这么乱谁还记那个，反正挺生的一个地方，平常不记得接到过那儿的电话。我一下子就猜到是谁的电话了，必是新疆甄颖影的父母……我即刻去求助一位熟识的火车司机，两天后的一个清晨，他带我搭上运送救灾物资的火车到了唐山。

作为一个城市的唐山确实已经不存在了，满眼瓦砾，空气中有刺鼻的臭味，大道边还摆放着许多尸体，解放军战士正用汽车将尸体运到郊外淹埋，天空偶尔会有飞机喷药……我一见这场面心就抽紧了，赶忙打听255医院。找到医院后又有点发傻，哪里还有颖影曾在信中描绘过的大医院，只有几间歪歪斜斜的破房子……我像疯了一样在废墟上东撞一头，西撞一头，见人就打听，最后竟幸运地问到了跟颖影同宿舍的一名战友。她告诉我颖影刚被扒出来的时候还活着，只是脾被砸裂了，跟着一大车伤员送天津抢救，车到汉沽因大桥震断无法过河，所有伤员都被安置在汉沽一个中学里，颖影因出血过多三天前已经死了……她还告诉我负责掩埋颖影的战士叫周黑子，以及他的部队番号。

我甚至没有来得及感谢颖影的战友，掉头就往回跑，跑到铁道边火车还是开走了。当时铁道没有完全修好，只能靠一条轨道单来单去，每天只能往唐山送两次物资，下一次就得到晚上了。人被逼急眼，就敢想敢干了，我拨头去到救灾部队的指挥部，到指挥部以后再找负责宣传的新闻干事，他叫马贵民。我报上姓名，幸好正在全国被批倒批臭的经历，竟使他知道我的名字。我简单地讲了颖影的事情……马贵民没有多说话，为我拦了一辆去汉沽的军车，临上车时还塞给我两个馒头。

到汉沽很容易就找到了周黑子，这个战士很朴实，曾在255住院做过手术，正是甄颖影护理的他。我说既然是你埋的她，可记得她最后的情形，留下过什么话？周黑子说，她就是老说累，到最后不行的时候说不能告诉她的家里，父母一定受不了，天津有个朋友姓蒋，让他想办法……这时候我的眼泪下来了，颖影啊，我若真有办法就不会让你出这样的事了！

眼看天快黑了，我让周黑子领着来到颖影的坟前。这是一片盐碱滩的高埂，蒿草荒烟，四顾阒然。颖影的坟堆不大，没有任何标志，周围零零落落地还堆着不少新坟。我再三叮问周黑子：你可记准了，这确实是甄颖影的坟！他说绝对没错，是我选的地方，我挖的坑，你看，这坟头上的一锨土里有马辫草。甄护士非常漂亮，病号们都喜欢她，有人就为了她而泡病号，她的头发也很好……其实只要能做手术，有人给输血，她就不会有事……周黑子说着说着嗓子里也有了哭音。

将颖影入土为安，是一件恩德，我说了许多感谢的话，让他先走了。

盐碱滩上植物很少，附近有稀稀拉拉的几蓬蒿子和黄蓿，都没有花，远处倒有几墩红柳，柳梢上正顶着白色小花。我走过去折了一大把，口袋里还留着一个馒头，一并献在颖影的坟前。随后自己也在坟边坐下来，心想应该好好陪陪她了，有些事情也还要跟她商量。我相信这时候我说什么话，她都能听得到。我怎么都感觉颖影的死是不真实的，很像一种艺术虚构。我讨厌这种阴毒丑恶的虚构，想还给颖影一个真实。

我很想大声在她的坟前致一番悼词，不能这么悄无声息地把她埋在这儿就算啦！我说，颖影，这里很安静，不会再有人来打搅你了，这个世界上也没有任何人能够再为难你和伤害你了。你也终于跟命运与环境和解了，不再有任何压力，又回到了生命的初始，而不是终结。你知道我有多么后悔吗？真恨不得撞你的坟头啊！不该呀，27号我就不该放你走，再多留你几个小时，你就逃过了这一劫。你的父母也不该让你坐飞机回来……你的命运中有着太多的不应该！但，我不认为你当兵当错了，生命本身就是一场充满意外的历险，以前你不是老在追求意义、制定目标吗？却没有等到能更多地了解这个世界，就匆匆告别了它。你救护过很多人，轮到自己需要救护时却没有人能帮你……咳，人的成长就是付出，没有付出的人生是苍白和浅薄的。所以，这个世界会记住你，所有跟你有过交往的人绝不会忘了你，你将永远活在美丽之中。颖影，你心质很特别，是个令人回味无穷的姑娘，你不仅容貌漂亮，心也漂亮，活得也漂亮。你的人生虽短，却饱满纯良，充满生机。只是对你来说，这儿太荒凉，太孤单了。但这儿的土质中盐碱成分很高，对你是一种保护，一时半会不会受损坏。相信我，我绝不会把你一个人丢在这荒滩上，我会选一个适当的时候把你送回你父母的身边，但不是眼下，眼下我没有这个能力，你的父母也未必会受得了……

　　不知不觉，身上有了潮乎乎的感觉，是夜里的露水下来了。天已经彻底黑透，荒滩上反不如白天安静，叽叽咕咕，闪闪烁烁，各种说不清的叫声和亮光都出来了，我起身跟颖影告别，答应明天一早再来看她。

　　我回到汉沽镇，汉沽盐场的工人作家崔椿蕃是我朋友，我敲开他家的门，人家都准备睡觉了。崔大嫂赶紧为我做饭，干的稀的有现成的，加热即可，然后切葱花炒鸡蛋，端到桌上一看，三个鸡蛋竟炒成了三张滚圆的鸡蛋饼，看着很精致，我舍不得动筷子碰它。老崔要往我碗里夹，被我拦住了，说这个炒鸡蛋太好了，留着明天上坟用。

第二天，老崔给我找出一块很厚实的长木板，怕墨水被雨水冲掉，特意又从别处借来白油漆，我用毛笔蘸着白漆写成了颖影的墓碑：

"中国人民解放军战士甄颖影之墓"。

旁边再加上一行小字："1953—1976"。

崔大嫂准备好了一兜子供品，除去那三张精致的鸡蛋饼，还有水果和一包蛋糕。老崔陪着我一人扛着一把铁锹，来到颖影的坟边，先给坟堆培土，把坟堆加大，做规矩。再将那块木牌竖在坟前，摆好供品。

这时，我站在颖影的坟前才可以说出那句话："颖影，安息吧！"

海河史话

古时候的河流没有河堤，最是"自由散漫"。就连黄河，都多次改道，曾从天津入海。至东汉时期，海河水系形成，汇集燕山山脉和太行山脉之水，与珠江、长江、黄河、淮河、辽河、松花江等并称"中国七大水系"。天津遂成"九河下梢"。九河为：清（水）、淇（水）、漳（水）、洹（卫河）、寇（大清河）、易（水）、涞（拒马河）、濡（滦河）、沽（北运河），同归于海河入海。

通常所说的海河，是指海河水系诸河流汇聚入海的干流，起自天津西的金钢桥，东至大沽口入海，全长72公里。其实，它的上游不止九河，大大小小有300条河流之多，其中最长的河流达千余公里。像一把巨型的扇子斜铺在华北大地上，组成了海河水系。水利万物，天津是海河水系的最大受益者。

明朱棣为燕王时，镇守北京却屯兵于海河两岸。朱棣要扩大自己的势力，便向四周开辟村庄，从江南和中原迁来了大批移民……于是，大运河、大清河和子牙河交汇入海的三岔河口一带，开始繁华起来，船舶集结，漕运发达，客商会聚，店铺林立。当时三岔河口一带最热闹的地方叫"三汊口"和"小直沽"。三河下梢及海河两岸的"沽"很多，天津号称有"72沽"。按明代弘治时期大学士李东阳的解释：沽者，即小水入海之地。

1400年，燕王起兵和建文帝争天下，认为小直沽并不小，是南北水陆交通要道，能大有可为，应取个好名字。有位大臣拍朱棣的马屁，说燕王奉天子旨意平定北方，应将"小直沽"改为"天平"。老臣刘伯温反对，建议叫"天津"。他自然也有说辞：燕王千岁承圣上之命，吊民伐罪，顺乎天意，所以叫"天"；车驾又是在这里渡过河津，所以"天"字后面再加一个"津"。古时洛阳曾有过"天津桥"，天河之中有九星，能占据天河都叫"天津"。

"天津"二字很有气派，也很典雅。燕王当即应允，并传谕地方，将三汊口、小直沽合并成为"天津"。可见正是因为有海河，才有了600多年前地处"海运、商舶往来之冲"的天津卫，并且让天津成为近代中国北方最大的工商业和港口贸易城市。海河则是天津的血脉。可称得上是天津的母亲河。理所当然，海河也就成了天津的主要象征，并成为它强大而广阔的依托。然而，人类在依靠河流繁衍生息、发展经济的同时，也吃尽了河流泛滥的苦头。海河水系东临渤海，南界黄河，西靠太行山，北依燕山，地跨北京、天津两大直辖市，内蒙古和辽宁的一部分，河北大部（流经河北省70%以上的土地），山东、河南、山西的东部和东北部，总面积达32万平方公里……自古以来，它就是一条条放荡不羁的河流。其复杂的扇形水系，扇面极大而扇柄极短，如一柄巨大蒲扇，铺盖着北国大地。

海河水系的另一个特点是，太行山脉和燕山山脉合阻气流，伏汛暴雨，雨量集中。每到汛期，"扇面"上源的300多条支流若乱箭齐发，洪水奔腾直下，争相灌入"扇柄"般的海河，汹涌之势无可阻挡。而海河下游入海口处多年泥沙沉积，肚大嘴小，宣泄不畅，河水自然就会漫出河道，形成洪灾。千百年来，曾让生活在海河流域的人们百感交集。感叹海河水系既是众生的生命之源，又是祸患之根。从1368年到1948年，海河水系在580年里竟发生387次严重水灾，平均一年零三个月闹一次大水。天津则被淹泡过70余次。仅1917年的那次特大洪水，受灾县份就多达104个，被淹面积38950平方公里，受灾人口共620万人。

1604年（明万历三十二年）和1801年（清嘉庆六年）的两次大洪水，天津城内积水4米，城外则水天相连，与渤海浑成一片。天津卫成了泡在海中的一座孤岛。清嘉庆六年（1801年）七月，北运河陡涨丈余，"海不收水，逆顶内河"。以至于南北运河、永定河及各处旱路均被洪水淹没，大水连成一片。四乡间舍与庄稼俱被浸泡，百姓纷纷避迁："村人夜半走相呼，水势直下奔津沽。汪洋横溢数百里，洪涛浊浪涨田庐。孤村势危欲浮动，人如群蚁缘漂荇……"

进入20世纪的上半页，天津又遭遇过两次特大洪水：一次是1917年，一次是1939年。特别是后一次的大水，一场噩梦一般的灾难，39年的7月下旬，天气闷热，多日不下一滴雨，而山西方向、太行山脉却连日暴雨，出现洪水。1917年大水之后，天津人汲取教训，防洪上做有一些准备。千百年来，天津地区十年九涝，被水泡惯了，但想不到洪水突然冲到眼前，排山倒海般压向天津。陈塘庄大堤瞬间崩溃，洪水顿时冲入市区，日、英、法等租界全部被淹。老城里、南开、南市等地都被泡在水里，南市一带水深处达两三米。

"屋漏偏逢连阴雨"，紧跟着天津地区也大雨滂沱，连泼十多天，水大得令人眼晕，四处汪洋一片，什么也看不见。好多房子淹泡时间一长，砖酥了，土软了，呼啦一下就瘫在水里。穷人的房子大多盖在市郊，而且全都质量不高，不经泡，房子一倒，全都成了难民。从日本摄影师秀魔克作出版的影集《天津水灾记念写真帖——天津居留民团》中的照片上看，哪里还有天津？只在洪水中看到一些尖形房顶。泊在海河中的轮船，吃水线高过路边的一二层楼，船上的烟囱高过路边一座 10 层的楼房。处于市中心的老中原公司的门前，竟是船来舟往。宫岛街与春日街交口处的中国邮局，改在二楼窗台上办公，顾客站在船上和业务员交办业务……洪水从 1939 年 8 月进城，直至 10 月初方才退尽。

1963 年。被涝怕和旱怕的"海河儿女"，满心指望会有个好年成，胆战心惊地走到 8 月，天津地区再次遭遇历史罕见的特大洪水。8 月 1 日至 10 日，海河流域西南上游地区连降特大暴雨，局部地区雨量最高达到 2050 毫米，创中国内地最高纪录。仅海河南系一次的降雨总量就达 577 亿立方米，产生径流量 302 亿立方米，相当于 1939 年淹泡天津洪水的两倍多。雨量平均超过 500 毫米的面积多达 43000 平方公里，雨量超过 1000 毫米的面积达 5390 平方公里。华北平原平地行洪二三百公里，水量超出所经大小河道总泄量的 10 倍。凶猛的洪水如同亿万猛兽，冲垮京广铁路，直冲位于"扇柄"的天津而来。那时的天津还是河北省省会，省委开会介绍灾情：洪水若淹天津，大概会淹到三层楼高……

几天后省委的警告就变成了现实。一位老记者描述道：我随空投救灾物资的军用直升机，前往灾区拍摄新闻图片。那天我登上飞机，向西南方向飞行，行程一小时，把我看得是目瞪口呆。我不知道直升机一小时的行程有多远，但放眼望去天水相连，全是无边无际的滔滔黄水。露出水面的点点高地上，挤满冲着直升机拼命呼救的灾民，灾民的滋味我尝过，1939 年的大水我也见过，都没法跟 63 年的这场大水比……

从那一年起，开始"根治海河"。说也怪，海河果然被"根治"，此后半个多世纪了，只旱不涝，海河还有，其"水系"已不复存在。

自行车上的风景

　　骑了大半辈子自行车，年过八旬，家人和朋友都不让再骑车了。我问为什么？回答很一致：不安全。奇怪，是我骑车，不是他们骑车，怎知不安全？自行车从来都是最安全的交通工具，怎么人一老连自行车也不安全了？到底是人不安全，还是车不安全？

　　他们回避人老自身不安全的问题，说出一个很聪明的理由：马路上的风景变了。人老了，快乐会越来越少，每天早晨骑车去游泳是一大快乐，我不会被亲朋的一句"不安全"吓住，放弃这种比乘公交车要方便和自由得多的快乐。但从此开始留意平时熟视无睹或见怪不怪的马路风景。风景是人的感觉，因人而异，想看风景才会有景，无心观景便没有风景。我这一留心，竟发现所谓"马路上的风景"，不过是社会变化的投影。

　　我六点钟从家里出来，马路上车很少，以后每晚十分钟，马路上的车增加一倍。到七点半至八点，正是我游泳回来，所有学校门口都成停车场，推着自行车都很难通过。有些中学门口也如此。在所有家长眼里，自己的孩子似都长不大，可社会调查证明，现在的孩子大都早熟……这真是个奇怪的矛盾。想起我小的时候，每天独自要来回走十四里地到孟村上学，反而留下许多美好的记忆。

每天清晨，几乎都能在公园边道上碰到一坐着轮椅的老者，推着他的是位中年女子。这天早晨却见女子站在轮椅前大声呵斥老人……轮椅上的老人面无表情，一声不吭。我不能停留，一拐车把快速骑过去，女子不依不饶的呵斥声从身后传来。我不免在心里揣度这两个人的关系，中年女子不像是保姆，保姆不敢在大街上这样高腔大嗓地训斥雇主。两人都穿着整洁，最大的可能那女子是轮椅老人的后老伴，才敢这样放肆。也许是女儿，伺候瘫痪老爹时间一长，难免有时会不耐烦……在马路上可以见识各种各样的家庭，有夫妻吵架的，也有夫妻一同跑步的，老夫妻拉着手散步的，老头拉着小车、老伴跟在后面去市场买菜的……

就在我走神的时候，一辆驮着外卖大兜子的电动车，从我旁边"嗖"地一掠而过，我浑身一激灵。电动车自信不会剐倒我，我却着实被"闪"了一下，赶紧稳住车把，开始眼观六路，不敢再分神。如今的城市马路上，分四个等级，中间最突出最宽阔的部分是汽车道，汽车是马路上的王者，反而跟处于马路最底层的自行车碰撞概率最小。只是在有些小区门口，汽车乱停，把自行车挤到快车道上，须格外小心前后左右的马路霸王。

排在第二等的是三轮汽车，看着像小汽车，却不让到马路中央的汽车道上行驶，只能挤进自行车道，一下子把原本就很窄的自行车道占去一多半。由于三轮汽车底下少了一条腿，开快了难免会晃晃悠悠，让人觉得来阵大风就能刮倒，所有车辆都避之唯恐不及。我想开这种车的人，应该是马路上最神气的。

第三等是摩托车、电动车，马路上的"双轮剑客"。出其不意，其快如风，过去是可以上快车道的，近两年改了规则，只能挤在自行车道上。风驰电掣，顺行逆行随机应变，常常斜刺里骤然贴身驶过，或迎面驰来，惊出你一身冷汗。他们却闪展腾挪，见缝插针，灵活至极。更要命的是，有人还一边开着飞车，一边低头看手机或打电话……他们也是在城市里讨生活最辛苦的一族，有一送外卖的写文章说，"送外卖特别拼命的，一月能挣 8000 多，都是市区 60 码逆行闯红灯拿命换的"。

还有一类电动车手，脸上蒙着个深色塑料大帽檐，像好莱坞电影《无头骑士》；头戴一顶大帽子，眼睛上架着墨镜，墨镜以下连口鼻带脖子、肩膀，全罩在一个严丝合缝的防护套里，下半身则围着一个棉被似的挡风帘……迎面逆驰而来，让人无法猜测他们的走向，是想偏左还是偏右跟你错车？你只能选择正确的方向紧急往右躲闪，待全副武装的骑士过去再继续前行。

但马路上有一道温馨的景观，也是电动车，前后两座，多是老爷子在前拉着老太太，也有老太太拉着老爷子的。一般都靠道边行驶，车速较慢，优哉游哉，不是专车，胜似专车……马路上的种种风景，锻炼了我的反应能力，谈不上危险，已习以为常。若是怕危险，坐在家里不出门，时间一长，生活乐趣减少，身体肌肉萎缩，也是麻烦事。骑车还有一个好处，你能在马路上不生气，世上就再没有能气到你的事。马路是社会大课堂，你能适应马路，就能适应现代社会。

自行车在当下的马路上排在最末一个等级，特别是老人骑旧车，是末等里的末等。见车就让，有逆行的就躲，红灯停、绿灯行，最守规矩。正因为此，在自行车上才看得清马路上活色生香的风景，留得住记忆。在食物最匮乏的时期，我住在城市西部，却在北郊区上班，下了夜班和早班，骑车不是直接回家，而是直奔市区，把偌大一座直辖市里有名的几个大菜市场都转一遍，看看能不能买到点能吃的东西。十有八九是一无所获，却并不感到失望，原本也没有抱多大希望。第二天还会如此，不过就是多骑车一个多小时。那时的城市在我的自行车辘辘底下显得很小，现在若穿街走巷用一个多小时把城市逛遍，恐怕得乘飞船才行。

我跟自行车有感情，是有原因的。我的两个孩子都是用自行车驮来的。把产期临近的妻子用自行车驮着送进医院，三天后我的自行车后架上就驮着娘俩回家，当时甚觉幸福，现在想起来也是一件快事。自参加工作就骑车，六十多年来骑坏了五辆，丢了两辆。以前常做的噩梦，就是从市场里出来找不到刚买没几天的新车了！小偷喜欢偷新车，所以我这辈子光骑旧车了。

现在好了，马路上变得最好的风景是"共享单车"，全是新车。而且不像前几年，刚实行"共享单车"时，有人满肚子邪火撒在单车上，把单车抛下水沟，丢进草丛，甚至大卸八块，拿走辘辘或座子……现在的共享单车很规范，使用也更方便，真正做到了"共享"。我的老车出毛病，就用它救急。

既然自行车上有风景，骑车有快感，我就不会轻易放弃这种享受。特别是当初被我用自行车驮来的人，更应该支持我继续骑车。

电的传奇

科学家们推想：是电，催发了生命的诞生。人类起源于一场宇宙大爆炸，电光石火，混沌初开，有了光，随后才有了生命。中国传统文化的核心，是"阴阳"。而阴阳交激，产生雷电。无人不怕雷电，将雷电奉若神明。

记得在我七八岁的时候，下洼打草赶上了雷雨，慌慌张张躲进一间看场的小屋里避雨。小屋里已经挤满了人，大家都很紧张，站在门口的拼命往屋里挤……炸雷一个接着一个，仿佛就在屋顶上炸开，闪电一道连着一道，道道都像要钻进我们的小屋，甚至要将小屋一劈两半儿！

真正的害怕是没有惊叫，大家吓得连大气都不敢喘，可能还想起了去年夏天雷公惩恶的事。村南头有个叫韩佩十的人，不知是跟谁打完架后拿庄稼出气，一边走一边用鞭子抽打道边的谷穗，突然被一道闪电追上，"呱啦"一声变成一截烧黑的焦炭，倒在地边不动了。

小屋里憋闷得让人上不来气，平时极有威严、在村里说话很占地方的五林叔终于发话了:"今儿个这雷有点邪乎,老围着这间小屋转,没准咱们里边有人做了坏事,雷是来拿他的,不劈了他雷不会走,大伙都得跟着倒霉。从现在起咱们挨个都出去站一会儿,没做亏心事的雷不会动你,顶过一个雷后再进来。做了坏事的,雷一劈了他也就雨收云散,咱们大伙也就都得救了。我头一个出去。"他说完真的先挤出了小屋,站在雨地里顶了两个雷。雷倒是没劈他,可浑身都湿透了,后边的人却不想主动出去,都向后稍着等五林叔点名。

这时从村子方向传来我熟悉的呼喊声,是母亲一边叫着我的名字一边向洼这边跑,手里拿着块遮雨的油布。我忘了头顶上的雷,冲出小屋背起自己的半筐草向母亲跑去,雷电并没有追赶我,可见雷公也不是冲着我的,便踏踏实实地跟着母亲回家。在雨中还高声朗诵一首民谣:"阵阵雷声响连天,想是天爷要吸烟。怎知天爷要吸烟?一阵一阵打火镰!"

以后来到天津上学,才真正理解了美国奇人富兰克林,用放风筝的办法捕捉雷电的意义。大城市里已经非常聪明地将"雷"和"电"分开,所有的高楼顶端都有一根长长的避雷针,避不了的"雷",也多半是沉雷、远雷,很少碰上会在自己头顶炸响的霹雳。而"电",非但不可怕,而且无比可爱,它创造神奇,成就花花世界。

古人讲"石火无恒焰,电光非久明"。而城市人的聪明就在于能让电光"久明"、耐用。城市里无处不电,处处靠电,电灯、电话、电表、电棒、电报、电唱机……最妙的是电车,一条线路一种颜色,绿牌电车围城转,红牌电车到中心公园……在西北角花二分钱能坐到劝业场。进了劝业场才知道,原来城里比乡下黑,在白天还要点灯。其实城里的电灯并不单是为了照亮,更是为了好看。城市在白天显得死眉塌眼,苍白、拥挤、沉重,到晚上灯光一亮就活了,有了色彩,也有了精气神。所谓"光景、光景",有"光"才有"景"。城市里迷人的夜景,说穿了就是"电之景"。是电给了城市以生命和活力。

电如此美妙，人们焉能不贪得无厌、多多益善？这种无尽无休的索求，使电又变成了喜怒无常、难以驾驭的"雷电"，又反过来开始制约城市，制约现代人。当时我在工厂的一个车间里管生产，头上仿佛时时刻刻都悬着一把剑："限电"，即"限制使用电力"。刚开始是每周二必停电，后来改为每天限数，只要一用够了数便不管三七二十一地就拉闸……

每天早晨，我骑着自行车一过白庙耳朵就支棱起来了，听到自己车间里的五吨锤正铿铿锵锵地砸得地动山摇，心里就一阵畅快，知道有电。如果骑到南仓还一片静悄悄，脑袋登时就大了，上班第一件事就是去跑电。就因为要经常跑电、催电、等着来电，天天跟电玩儿命，我每周差不多得有四天是在车间里值班。也就在那个时候落下一个毛病，至今还改不过来：晚上灯光越亮、锻锤砸得越热闹，睡得越香。灯光一灭、锤声一停，我立刻就醒。

三年自然灾害时期，人度荒。限电，是经济度荒、工业度荒。1982年我第一次去美国，从东部到西部，所有的城市一到晚上都变成灯海光域，每一栋楼都是亮的。我感慨良多：资本主义就是腐败，到处都在浪费，到社会主义国家，从小学一年级就懂得要随手关灯。陪同的人向我解释：在美国有一条规定，晚上下班后必须把办公室的灯都打开才能走，否则出了意外事故，别的部门不好救助，实际就是鼓励用电。当时我差点没吐出一句"国骂"，我们的生产第一线在天天限电，他们这儿竟鼓励用电。地球的另一面，真是什么都反着个。原来资本主义"牛"，不是"牛"在别处，是"牛"在电上。

不想没用几年，在电上我们也"牛"起来了，工厂不再"限电"，家家户户都有了自己的电表，过去装个2安培的表算是大的，要经过特殊手续批准，现在10安培的电表也稀松平常了。可电用得越多，用得越方便，人对电的依赖也就越大。所谓现代世界，让人觉得就是电的世界。既然世界的诞生缘于一场大爆炸后有了电，那么世界的末日也将是一场大爆炸，咯噔一声断了电！

因此现代人，也可以称为"电人"。自上个世纪 90 年代初，我丢了笔改用电脑写作，渐渐便发觉自己的脑子发生了严重变化，我的脑子必须再加上电脑，才是完整的好用的脑子。倘若没有电脑光是我的脑子，无法思维、无法进入创作状态，简直就是猪脑子……或许还不如猪脑子。每当电脑出毛病，比如遭到病毒攻击，或丢了文件，就会急得想撞头，夸张点说像自己的小世界到了末日。幸好神经还算皮实，不然早就跳楼了。于是我就老在琢磨，电给人类的力量装上了翅膀，信息触角无限延伸，极大地节省了人的体力和脑力。可有那么一天，人会不会都变成傻子？或头脑极端发达，四肢却退化成废物？

电这种看不见、摸不得的东西，本来是一种没有重量的流体物质，现在却不仅全面操控着人们的物质生活，还深入地介入了现代人的精神生活。比如晚上没有电视看，是不是像丢了魂儿一样？尽管有电视你也不一定认真看。就像"魂儿"，有的时候人没有什么特别的感觉，一旦魂儿丢了却没法活。

电——正是现代生活的魂儿！

灵魂的救赎

现在的毒品，跟当初张学良被捆绑着才戒掉的鸦片不一样，是化学品，一般人也都知道，一旦沾染上毒品，再想戒掉就势比登天了。所以，国家一直在大力禁毒，而染上毒瘾的仍大有人在。据《2018年中国毒品形势报告》公布："截至2018年底，全国现有吸毒人员250余万，其中近六成为35岁以下的青年人……"不知近两年这个数字可有变化？平时在生活中很难碰上吸毒的，岂料"河里没鱼市上见"。

前不久，参加《香港商报》组织的汕头采风团，我却亲眼所见、亲耳所闻汕头的一些瘾君子，就真正摆脱了毒品的控制。想要讲他们戒毒的故事，先得提到一个人：纪耀宏。一个器质精壮的青年人，曾开过一个家具店，1992年与隔壁商店的老板发生纠纷，失手致人重伤，被判刑5年零6个月。刑满出狱后，求职无门，便修好家里原有的摩托车，想加入"摩的"行列，拉客挣钱。谁知同行散布了他的底细，无人敢坐他的车。无奈又到建筑工地干苦力，包工头知道他蹲过大牢，也不再要他……

就在他走投无路的时候，遇到了人生中的贵人——汕头龙湖区委书记张泽华。此人明通豁朗，智虑过人，想通过纪耀宏做个标杆，拯救一批身上有胆儿又自暴自弃、不能融入社会的年轻人。于是全力扶助纪耀宏联合另外 5 个命运相同的朋友，创建了鸿泰搬运队。其中三人是因抢劫、吸毒而入狱的刑满释放者。

区委书记支持刑释者创业，何况张泽华是汕头元老级的人物，曾在汕头的三个区、县做过书记，其人脉极广，为纪耀宏最初打开局面帮了大忙，却也给了他巨大的压力，几乎是背水一战，没有退路了。刚开始的一两年，搬运队里像藏着定时炸弹，不知什么时候会在谁的身上爆炸，纪耀宏无时无刻不如履薄冰……

如今 20 多年过去了，当年六个人起家的鸿泰搬运队，现有本地员工 800 多人，其中近 300 人是刑释解教者，包括汕头著名的黑社会组织"七星帮"的"帮主"及其属下……搬运队却因服务一贯安全牢靠、专业性高、效率好，竟创出了自己的牌子，业务应接不暇，并建起了自己的三层办公楼。

最令人惊奇的是每年都要安置刑释人员 50 多个，可以说来一个安置一个，张泽华当初支持纪耀宏的目的实现了。只要进了鸿泰，"重新违法犯罪率为零"。这就是说，吸毒者们进了鸿泰，确是把毒瘾戒掉了。如果说一年半载或三五年不沾毒，还不能算真正戒掉，20 多年不碰毒品，应该算彻底戒毒了。我看他们忙忙碌碌，身形朗健，谈吐自信，一个个确是证明了自己不再是社会和家庭的累赘，而是能够养家和有益于社会的干将。难怪汕头人把如今的鸿泰搬运公司称为"阳光驿站"。

我很想知道他们是如何戒掉毒瘾的？一再追问纪耀宏有什么绝招，他却说没有，我们这里是公司，不是戒毒所，同事也不是警察。但有许多同事都在监狱待过，都沾过毒品，谁也别拿毒瘾唬人，大家都戒掉了为什么你戒不掉？刚从监狱出来的前几个月最敏感，过去这几个月就容易了。要想活着，像个人一样地活着，就必须经历我们经历过的这一段路。如果说窍门，我们的窍门就是做人，不做毒鬼，先把魂儿招回来。对我们这些人来说，做人的尊严太重要、太宝贵了，在社会上挺直腰杆的感觉太好了。蹲大牢、吸毒，是把人的魂儿一点点烧没了，进了我们公司把魂儿又慢慢找回来……

纪耀宏是个人物，他跟我讲的是大道理，是哲学。我想听细节，却秘而不宣。这或许牵涉到他们的隐私，不便对外泄露。于是我仔细阅读他们的规章制度，太多太专业，无法细述，却很有一些令人意想不到的高妙之处。其着重点在改变"监狱人格"，唤醒、维护和张扬人的灵魂。难怪他张口闭口不离人的魂儿，他倒真正配得上"人类灵魂的工程师"这个头衔。